W.S.
THE WISŁAWA SZYMBORSKA FOUNDATION

希姆博尔斯卡
诗集 I

〔波兰〕维斯瓦娃 · 希姆博尔斯卡 - 著

林洪亮 - 译

東方出版中心

出版说明

维斯瓦娃·希姆博尔斯卡(1923—2012),波兰作家,被公认为当代最迷人的诗人之一,享有“诗界莫扎特”的美誉。希姆博尔斯卡于1996年获得诺贝尔文学奖,是文学史上第三位获得该奖的女诗人;2001年她成为美国文学艺术学院名誉会员。

上世纪希姆博尔斯卡即在中国引起广泛关注,2000年漓江出版社出版了她的诗文集《呼唤雪人》,由林洪亮翻译。此后,中央编译出版社、湖南文艺出版社先后翻译出版了希姆博尔斯卡的部分作品集,但这些作品还是无法满足希姆博尔斯卡研究和教学的需要,甚至也满足不了那些热爱希姆博尔斯卡的读者的需求。东方出版中心在波兰希姆博尔斯卡基金会的支持下,获得了唯一官方授权,出版《希姆博尔斯卡全集》(五卷本),包括《希姆博尔斯卡诗集Ⅰ》《希姆博尔斯卡诗集Ⅱ》《希姆博尔斯卡信札:写给文学爱好者的信》《希姆博尔斯卡选读札记Ⅰ》《希姆博尔斯卡选读札记Ⅱ》,涵括了希姆博尔斯卡全部诗歌、散文和信札等作品,由波兰文学翻译家林洪亮领衔翻译,直接从波兰文译出。

东方出版中心编辑部

二〇一九年一月

目　录

我们为此而活着

（1952）

我们为此而活着

——来自斯大林格勒保卫战的历史材料的记事

海军陆战队战士——潘诺夫

燃烧弹在他头顶上
过早地炸裂开了。
被它袭击的那位战士，
全身冒起了红色火光。
但烈火没有消去意志，
他手拿最后一弹冲向敌人，
扔向坦克的绿色外壳，
人的亮光熄灭了。

狙击手连队连长——科莱加诺夫

他再也听不见子弹的呼啸声，
他抓起了枪支的把手，
他看不见战斗的硝烟，
他处在黑暗和寂静中。
他对几个活着的人说：

近卫军士兵们，决不退缩！
我们会牺牲——人民会活着，
他们会看见和记住这一切。

飞行员——罗佳尔斯基
机器已处在饱和状态中，
发动机已停止了轰鸣，
该跳伞了。或者牺牲。
牺牲。但要死得珍贵，
飞行员在掉落过程中，
在测算德军的辎重中心，
前线响起剧烈的爆炸声，
飞行员的生命也融入其中。

机枪连连长——扎伊切夫
心脏只留下一息生命，
但还够说出这一句话。
如果不把这句话说完，
他就很难会入土为安：
——孩子们，我快不行了，
我不想用话来打扰你们，
我只想要你们接受我入党，
我想死的时候成为共产党员。

坦克连指挥员——雅姆贝科夫
受到炮弹的袭击，

停留在街道边上，
坦克停住了，无法回去。
火光已烧进内膛，
指挥员放声唱起，
全体成员应和合唱：
“这是我们最后的斗争……”
接着是烟雾和歌声融为一体。

苏军战士在解放之日对波兰儿童说

当战争的炮弹把房屋击中，
房屋便留下了残垣断壁。
波兰孩子们，不要在防空洞里哭泣。
我们会尽力节省打击的火力，
我们不愿破坏你们的城市，
也不想毁坏你们的乡村。
战线将会以最快速度通过你们的国家，
我们会踏着敌人的尸体迅猛前进，
因此炸弹会少用，废墟会少出现。
我们的枪法很准，百发百中，
因为我们知道，在自由到来之前十分钟死去
该会多么悲痛！

这自由不是单一的，
而是一对双胞胎，一对快脚的姐妹。
因为来到这里的敌人
也不是你们的惟一敌人。

还有那些压迫你们祖辈的敌人，
他们剥夺了你们祖辈的青春和年华。
为了祖辈失去的青春和年华，
他们应受到你们的审判。
今天希望的大门为你们敞开，
明天你们就会让希望变成现实。
愿你们不再受到战斗的惊吓，
前线会像春雨那样一扫而过。

无名战士之吻

诗人们，这是蹩脚的，
悲悼英雄之死的哀诗。
他需要的是这样的诗：
能让人惊羡，能激人悲愤。
他不需要泪水横流的纪念。
姑娘们知道得最清楚，
昨天他还向她们抛出了
信任的玩笑：吻别。

这还不够

让心站在左边，这还不够，
我要学会思考、行动、说话。
激情的干草只能燃烧片刻，
第一步容易，第二步困难。
抛弃自己的阶级这还不够，
困难的是要在人们中间生活。
第三步、第四步、第七步更难，
愿轻松的诗歌不会欺骗你们。

四　个

——纪念1886年1月28日在齐达德拉坡下
被处死的“无产阶级党”党员①

看守们突然站住不动：
在万籁俱寂的深夜中，
有人在齐达德拉狱中歌唱，
耳朵能听出是四个人的声音。
这样的合唱这里从未出现过，
曲调并不悲伤而是特别高昂。

被判处绞刑的四个人，
高唱着革命的歌曲。
他们并不失去信念，并不绝望，
他们昂首挺胸地接受了死亡。
绝望只会出现在小人心上，

① 波兰最早的工人政党，成立于1882年。齐达德拉是沙俄统治时期关押波兰政治犯的监狱，位于华沙的维斯瓦河畔。

这样的人从未爱过别人。

他们一边放声歌唱，
一边注视着对方的眼睛。
他们知道他们接受过胜利的思想，
他们的阶级必将阔步前进，
他们的死只是损失，不是失败。
工人们决不会放下手中的武器，
哪怕是在他们牺牲后的片刻瞬间。

夜晚即将过去，黎明快要来临，
四个被处以绞刑的人
被带到齐达德拉的斜坡上。
他们向弟兄们作最后的告别，
随后便倒在这静默的土地上，
时至今日依然能听见他们的歌声。

女同龄人

我在逝去的年代写给
庆贺青春岁月的自己，
今天我已创作出
和这些年代相一致的作品。
当我和别人的嘴唇相吻，
当我和年幼者的嘴唇相吻，
当快乐、愤怒和过去的痛苦
都明显地出现在脸上，
那时候你的双手
就更需要楼梯上的扶手。

到那时你将经受生活在
年青同志们中间的巨大考验。
我为此而集中我的思想，
那不会随岁月逝去而生锈。
如果我在这次考验中失败，
像石头掉下深渊，孤独——

那是我青春年华的罪过，
后来更加明显更加孤独。
如果我在这次考验中获胜，
那我会毫不迟疑地继续前行，
那就意味着在青年时代
我没有延缓自己的步伐。
我想在临死时和年青的
共产党员医生分享友谊，
就像两个女同龄人一样，
让友谊增强她的力量。
因为她将来——正是她——
倾注于显微镜的领域，
给病魔最后的打击，
我的呼吸才得以延续。

欢呼建设社会主义城市

从沥青和坚韧的意志中，
将出现宽广的街道。
从砖瓦和骄傲的勇敢中，
将涌现出一幢幢高楼大厦。
从钢铁和人们的觉悟中，
将会产生大跨度的桥梁。
希望将会带来绿草和丛林，
欢乐定会产生新抹的白灰泥。

社会主义的城市
是前途美好的城市。
没有市郊，没有贫民窟，
人人都友好相处。
我们有最年轻的城市，
我们也将有最古老的城市。
最年轻的城市与明天更接近，
最古老的城市离明天更久远。

致建设诺瓦胡塔[①]的青年

是谁建起了我居住的房屋?
是谁在基地上付出了劳动?
是泥瓦工、砌炉工、玻璃工和木匠。
他们会留在人们的记忆中。

凡是记性坏的阶级定会死亡。
我们选择的是最忠诚的记忆:
它本身就是一本敞开的书,
敞开在人们经常阅读的地方。

今天,年轻人,为了你们,
由于你们,城市在你们身边
开始了自己的生平传记。
每天都会记下你们的名字,

① 诺瓦胡塔即新钢铁厂,在克拉科夫的郊区,是波兰在"二战"后新建的最大钢铁厂。

用华美的词句记下令人惊叹的事情，
记下你们完成定额的劳动热情，
并会归入美丽的统计计划中。
因为这是工人的记忆，
是在为工人阶级服务。

我们的工人谈帝国主义

他们仇视我们的煤炭，
他们仇视我们的砖瓦和线纱，
他们仇视我们取得的成就，
他们仇视我们将会建成的一切。

仇视我们的窗户和窗台上的花。
仇视我们的森林和林中的宁静。
甚至仇视春天,因为是我们的春天。
甚至仇视我们的学校和它愉快的儿童。

他们打开原子像打开保险柜一样，
除了恐吓,他们在柜里一无所获。
啊,如果他们能够,他们也会用
恐吓去攻击我们的房屋和工厂。

去攻击我们的窗户和窗台上的花。
去攻击我们的森林和林中的宁静。

甚至去攻击那属于我们的春天。
去攻击学校和它的愉快的孩子们。

啊,如果他们可能,如果他们可能……
我们知道。
所以我们有敏锐的眼睛,
所以我们有坚毅不屈的意志,
所以我们有毫无畏惧的额头,
所以我们有不可战胜的双手。

盾　牌

雷蒙德·迪恩是个法国的姑娘，
她和我们年轻的女工们恰好是同龄人。
她在铁路上卧轨自尽身亡，
她这样做完全是出自伟大的爱心。

我无法用笔来描写这一时刻，
当火车转过最后一个弯道。
在我的国家，在我生活的国家，
姑娘们会在车站上挥动着手帕。

在我生活的国家里，
火车满载的是建房用的砖瓦。
但在她生活的法国，
火车拉的却是未来牺牲者的坦克。

在我生活的国家里，
火车装的是未来桥梁的材料。

而在她生活的国度里，
火车运送的是带给越南村镇的死亡。

雷蒙德·迪恩是个法国的姑娘，
她和我们年轻的女工们恰好是同龄人。
她在铁路上卧轨自尽身亡，
她这样做完全是出自伟大的爱心。

柔和的阳光把铁轨照得闪闪发亮，
满载的火车没有及时停下。
法国年轻的姑娘的尸体
成了越南姑娘们的强韧的盾牌。

战犯之歌

心啊，你不要为恐惧跳动，
要为愤怒跳动！要为愤怒跳动！
心啊，你不要为恐惧跳动，
要为正义的愤怒而跳动！

监狱的大门打开了，
刽子手获得了自由。
监狱的大门打开了，
凶犯未受惩处便被释放。

他脚下站过的每一寸土地，
尸骨都堆积成山。
每一个接触过他的人，
直到今天还哀痛万分。

心啊，你不要为恐惧跳动，
要为愤怒去搏击！要为愤怒而跳动！

监狱的大门不会自行打开，
我们知道有一只手在为罪犯放行。
监狱的大门不会自行打开，
我们知道有一只手又燃起了战火。

谁要是和战犯结成联盟，
谁要是在战犯身上寻找帮助，
谁要是和战犯勾结在一起，
他就是人类的叛徒和敌人！

心啊，你不要为恐惧跳动，
要为正义的愤怒而搏击！

来自朝鲜

他们挖去少年的眼睛，挖去眼睛，
因为他的眼睛充满愤怒和仇恨。
要让他的白天也和黑夜一样——
上校情不自禁地发出了狂笑，
亲自把美元放在刽子手的掌中，
随后把垂在额头上的头发撩开，
以便更好地看着这个少年离去，
他摆动着双手，朝四周观看。

那是在一九四五年的五月，
我过早地告别了仇恨，
把仇恨深藏在记事本中，
那是个威胁、暴力和罪恶的时代。
今天我又重新把它掀开。
现在和将来我依然需要这种激愤，
而我这样做，上校，这得感谢你——
感激你那卑鄙无耻的笑声。

这一天终会来临

你们以为你们会逃过法庭，
你们的罪恶不会受到审判，
你们从飞机上撒下的瘟疫
会消失在人们的记忆中？

我已经看到你们
站在愤怒人民的法庭前。
你们惊惶的脸孔呆滞不动，
卑鄙的双手已经戴上了手铐。
你们一言不发地站在那里。
飞行员，你全身颤抖，
你知道你携带的是什么。
医生啊，你脸色煞白，
是你培育了死亡。
银行家也失去了往日的傲慢。

突然，从人群中走出一位老人，

他迈着缓慢的步子朝你们走近，
眼睛一直在注视着你们，
你们也试图去接触他的目光。
——老人家，你是谁？
——我是瘟疫死者的父亲。

致美国母亲

你在想，时运不错，
孩子没有被拉去参战。
我的儿子年龄还小，
还是个孩子，只有十岁。
等到他长大成人，
轮到他去服兵役，
那时一切都已结束。
这是无庸置疑的事实，
暴风雨已经掠过世界。

——等一等，这是一次回忆，
我还记得被毁灭的城市。
荒芜、无声而又沉寂。
一轮圆月正好从近处
望着它，你不相信吗？
你仔细瞧瞧这张照片，
这熄灭的火山口——是房屋，

这乱石堆成的山丘是街道。

你再看看这里，断壁残墙，
这墙上有一座门框。
门框上以前有人曾做过记号，
那是母亲在量儿子身高时
刻下的精确的标志。
她写着：兹贝舍克，三岁，
兹贝舍克，四岁半，
（母爱是多么自豪）
兹贝舍克，八岁，
这是他十岁时的高度，
随后便被机关枪的子弹打断，
再也看不到长高的记号了。

你说，杜鲁门知道得最清楚，
应该由他去负全部的责任。
而我对政治毫无兴趣，
从不关心这些乱七八糟的事情。
我的儿子还是个年幼的孩子，
等到他能服兵役……

——等一等，这是一次回忆，
我还记得被毁灭的城市……

（写于 1951 年）

识字课本

物质的最高形式——
是人，地球上的居民。
生存的最高形式——
是人的自觉行动。
而行动的最高形式——
是为地球上的和平而斗争。
斗争的最高形式——
是用共同的力量去斗争。

啊，是的，弟兄们，
要用共同的力量去斗争！

人民宪法产生时一个老女工的回忆

人们曾告诉我，城里有工作，
工厂在招工，于是我就来了。
我的思想常常回到那些年代，
街上熙熙攘攘，车水马龙，
我不认识字，是个文盲，
我不知道该到哪里去谋生。
刚开始时我连楼梯都害怕，
长发辫子也让我羞愧难当。

从前我们女人真是困难重重，
我苦苦工作，工资只有一半。
好像我只是半个活人，
在这个大城市里，
在这样昏暗的贫民窟中。

出现了危机，我失去工作。
那时候我怀抱着婴儿，

只有他需要我。
我怎样养活他，保护他？
他们什么也不给，
除了轻蔑和饥寒交迫。
是去是留都没有落脚的地方，
于是我攀上了大桥的栏杆，
已经看到了那倒映在
深水中我的面影。
回忆使我伤心——我记得
人们可怜我，纷纷跑来相救。
不知你们能否理解，姑娘们？
因为我受到了别人的同情，
也就是说，我哭了整夜整夜。
那是什么月份？那是十二月。
儿子降生后，他咳嗽不止，沉默了。

你们对照比一比，想一想，
我的青春和你们的青春——
那就像一个久患重病的人，
病愈后第一次走进了花园。

成　长

雅内克，当他两岁还没有满，
就已在放牧别人的牛羊。
贫穷教会了他这样思想：
他是不请自来地来到了世上。
今天他站在高高的脚手架上，
整个世界都在他的拥有之中，
用他十七岁的双手的力量，
用他十七岁的敏锐的眼睛。

每当白天的影子开始伸长，
雅内克便躲在某个角落里，
把一只手插进他的头发中，
眨巴着眼睛，聚精会神地写诗，
他的心便跳动得加倍地快速。

是当诗人还是当工程师？
是写诗还是建房——哪个更好？

有时韵律比砖瓦更轻盈，
有时墙壁比音节更光鲜。
是当诗人还是当工程师？
是写诗还是建房——哪个更好？
当雅内克展望自己的未来，
他的心便跳动得加倍地快。
雅内克身着绿衬衫在行走，
后来绿衬衫又变成了白衬衣。
是灰泥同他的未来贴得更紧，
还是名人的星光让他大放异彩？

在窗上

我以爱情的名义赞美窗子。
窗子是爱情的优秀导游。
我们的窗子第一次洞开，
为了年轻人的事业和理想。

窗子——爱情的优秀导游，
用手抛出去的飞吻。
期待，欢笑，问候，
眉开眼笑，满脸春风。

新的房屋是激情的房屋，
如同歌曲的曲调在不断上升。
每一扇窗户都有卡辛卡
在等待着自己的雅辛克，
花大姐正躺在她的掌中。

需　要

星星，
星星布满天空。
寂静笼罩城市上空。
需要，
需要爱情诗，
去激励相爱的人们。

在计划中，
在计划中，
在六年的计划中，
需要
需要
幸福美满的家庭。
让诗歌在他们的家庭中
为晚上的时间增光添彩。

普通的韵律

令人高兴的是：鲜花连着鲜花，
大树的枝叶伸向纯洁的天空，
但更高兴的是：明天是星期三，
我一定会收到你的来信。
尤其高兴的是：信封在颤动。
在阳光阴影下读信多么可笑，
还很高兴的是：到结束
这个星期仅仅还有四天，
更加高兴的是我已把箱子关紧，
当我跪在它的上面时。
更让我高兴的是，我有了一张
七点钟的车票。是的，
我要感谢你，夫人。
更高兴的是：在车窗外面
一幅接一幅的风景疾驰而过，
更高兴的是，天色越来越暗，
今天晚上我们又会相聚一起。

还要高兴的是，我打开了房门，
更为高兴的是，我已跨过门槛，
尤其高兴的是：鲜花连着鲜花。
你何必去买如此贵的花呢？

个人的

在手上转动了几下便突然停止了，
这是老奶奶给孙子的小火车头。
我看到她满脸笑容，更美的不用找了。

为别人的高兴——出乎意外的高兴，
我记住它，在我羸弱的心中。
哪怕是一首诗——我强烈渴望——
能把这笑容带到乡村和工厂，
让大家为别人的高兴而高兴。

如果你把这些诗句烧掉，
火光会高高串起，
它会为新的诗而焦急不安
和严重关注，还有爱。
为何我要对你说这么多，
——多少——从来不——任何人。

马戏团的动物

狗熊踩着节拍在跳舞，
狮子从容地穿过火圈，
身着黄衣的猴子在骑自行车，
鞭子在呼啸，音乐在演奏，
鞭子在呼啸，动物转动着眼睛，
大象把玻璃瓶卷到了头上，
小狗们细心地数着脚步在跳舞。

而我作为人，感到十分羞愧。

这一天人们玩得真不像话，
他们都在拼命地呐喊、鼓掌，
似乎手比鞭子更长，
强烈的阴影投射在沙地上。

致创作者

不要去看那口正在干枯的井，
不洁的井水。在不洁的井水中
映出的脸孔又灰又丑，
你只能看到它那朦胧的轮廓。

你不要去喝正在干枯的井水，
那是不洁之水。在不洁的水中
隐藏在井底的是无声的毒药：
那是神秘死者的轻蔑的醋酸。

居里夫妇的爱情

发现镭

喧闹的巴黎街道已沉寂，
和睦家庭的窗光已熄灭。
寒风钻进了破旧的棚屋，
把灯台上的烛光吹得摇曳不定。
沙尘打在乐器上发出了呻吟，
薄薄的玻璃也在叮当作响。

——太晚了，玛丽亚，该回家了。
——唉，彼得，我怎么能睡呢？

第四个希望之年来临，
那座锈迹斑斑的大门，
正在坚毅精神的抵压下颤动。
他们在为一排排数字苦恼，
被上百次试验之火炙烤，
人已深入到它们的深处。

——玛丽亚，你可怜的手指都出血了。
——彼得，你的双鬓也变花白了。

夜幕已降临在巴黎和华沙，
哪里闪耀出微蓝的光芒？
那是一小撮灰色的粉末，
在发出其独特的光亮。
第一次露出了它简朴单纯的形态，
而它的光源具有巨大的能量。

——玛丽亚，我们的劳动并没有白费。
——彼得，我了解“一起”这个词的意义。

彼得逝世后

悲伤并没有使她的头发零乱，
也没有让她大声地悲恸哭泣。
这位寡妇沉默着，一声不响，
她相信这是她做了一场噩梦。
这是死亡。这死亡如同把一棵
年轻而又挺拔的树木砍断。
如果你把这棵树摇动一下，
它便立即倒下，再也无法站起……

实验室里就像博物馆一样，
静止的物品排列得整整齐齐，
这里就连翻动书页的响声

也不会引起任何的回响。
记事本上——句子中间停顿。
计算的过程也还没有完成，
纸页也还来不及变黄，
墨水也还没有变得更深。

这是洒下初次泪水的时刻，
这是哭泣时脊梁抽动的时刻。
身着丧服的女人脸色苍白，
低低地弯身在图纸上。
她正在画一条粗大的线条，
这线条正在不断向上增长。

而眼泪——决不能让它落下，
因为它会使数字模糊消失。

后　记

我欢呼积雪消融的春天，
大地定会瑞雪兆丰年。
我问候房屋的第一块砖，
那里将会有孩子的欢笑声。
我歌唱路上跨出的第一步，
世世代代的人会沿着它前进。
我赞美爱，它的光辉
将照耀我们这个伟大的时代。

阿姆河[①]

阿姆河——一条桀骜不驯的河，
阿姆河——你为何要逃避人群？
你为何要夺去庄稼和歌声？
那时的人就是这样谈论灾祸，
逃难的人群沿着河床前进，
而把痛苦的眼睛移开了故乡。
飓风用旋转沙石的鞭子
抽打着那些被抛弃的城市。

留下的是石头，到处沙石成堆。
时间过去千百年。千百年来
原来丰收的庄稼早已成为陈迹，
千百年来沙漠把人们的足迹湮没。

宛如从人体中流出的鲜血，

① 阿姆河是位于乌兹别克斯坦和土库曼斯坦的一条内陆河。

这条河就这样流过了大地。

一代代的命运在古老纪事中枯萎。
谁也没有去帮助这些枯萎的人，
直到十月的聪慧的眼睛，
才发现这些已发黄的书页。

我不会说土库曼人的语言，
但是我想，“十月”这个词
至少会像“源泉的水”那样
把爱播向渴望的人们。

阿姆河——一条桀骜不驯的河。
阿姆河——回到你原来的河床上去。
五年计划是为了人民的幸福，
而幸福的人民定会扭转乾坤。

巨大的河坝改变了你的流程，
让沙漠的土库曼斯坦变得更加富饶，
小麦丰收，到处是密布的森林，
让果园枝繁叶茂，果实累累，
让人们欢唱起新的乐曲、新的歌声。

希望在即将到来的那些岁月中，
让所有的撒哈拉沙漠变成新的世界。

列　宁

他带领被压迫者投入战斗，
获得了持久的胜利。
他给即将到来的时代
奠定了坚固的基础。
现在躺在坟墓里的这个人
是开创人类新纪元的亚当。
他受到无数鲜花的环绕，
鲜花来自尚未认识的星球。

向自己提问题

（1954）

爱德华·邓波夫斯基[①]致父亲的信

我对我所走的道路
比飞鸟还要清楚。
——我现在给你写信，
我的父亲，城防司令。
这是我最后一次写信，
希望你拿着这些信纸，
就像我拿着它们一样。
——为了告别。

我仿佛看到家乡的庄院
被槭树所环绕。
而你站在大门口，
一脚踏在门槛上。
你大声呼喊："回来吧！

① 爱德华·邓波夫斯基(1822—1846)，波兰哲学家、文艺批评家和民族解放运动的领袖，1846 年克拉科夫起义的领导者，同年牺牲在起义战场上。

快从疯狂中清醒过来！
这里才是你的世界！
不要让背叛玷辱你的姓名！”

因为对你们来说，
思想大胆就是背叛，
为人正直就是疯狂。
谁若是放眼未来，
你们便认为他是瞎子。
谁要是反对你们的法律，
你们就认为他是罪犯。

我就要反对你们的法律，
它涉及森林、江河和土地，
涉及耕作和收成，
涉及他人的劳动成果，
涉及农奴制的农村，
涉及面包和盐，
甚至涉及言论，
全都由你们控制着。

啊，从高高的大门，
落下一大套托词！
像空箱子的响声，
像齿形罐的嗡嗡声！
祖国……人民……

为了自由……为了民族……
是谁篡改了
这美好的曲调?

你们想要自由——是的,
但仅仅是为了你们自己。
你们是用钻石戒指
去敲开它的大门。
至于人民,就让他们
在奴役中沉默地等待。
而鞭子——让鞭子挥舞,
抽打在他们的脊梁骨上……

只有我的血来自你们的血,
只有我的骨骼来自你们的骨骼。
但是我的心却不是你们的心,
我的意志也不是你们的意志。
我要走进穷人的世界,
去激起他们对自由的渴望。
我要去点燃他们的愤怒之火,
去揭开令他们痛苦的伤口。

因为这是伟大的时代,
要向所有的人大声疾呼:
凡是用暴力夺去的一切,
你们就要用暴力去夺回!

要铲除压迫！
要消灭奴役！
要清除所有的丑恶！
你们要相信，
要有充分的信心！

地主不再是地主，
奴仆也不再是奴仆。
解放的暴风雨
发出雷鸣般的巨响。
这样的时代即将来临，
每一块耕种的土地
都会结出丰收的果实，
并且为他们共享！

三个占领区[1]的宪兵
都在把我追捕。
是谁在给他们指路？
“你们该走这边，这边。”
这样的人够了。
我知道这些庄园的窗户，
还有在窗口上的窃窃低语，
以及那眨巴不停的狡诈眼睛……

---

① 1795年波兰被普鲁士、俄国和奥地利瓜分后分成三部分，由普、俄、奥分别占领达123年之久。

一想到这些情景，
我的鹅毛笔便弯曲了，
我的手像铅一样沉重，
耳边又响起了警铃。
父亲，请不要咒骂
你这个不肖的儿子。
你知道你的儿子
已经习惯了更坏的考验。

我知道，你痛苦，
你在沙龙中会难堪，
当你听到他们对我的议论
就像在谈论死人一样。
惊恐的伯爵
会皱起眉头。
神父会叹息，
同时虔诚地望着纸牌。

你可以随意把信烧掉，
或者将它撕成碎片。
但是，父亲，决不要
为我痛哭流泪，
因为我选择的是美好的命运，
我享受的是巨大的幸福。
是谁在暴风雨的时刻

用闪电划破了黑暗？

再见啦，风已在劲吹，
我也要继续走我的路——

冬宫的图画

当他们走上大理石的阶梯，
镀金的灯光像在烛台上闪烁，
照射在浅黄色的墙壁和穹顶上，
他们的脚步声回荡在走廊上。
老灯在照耀，偿付之夜来到，
你面对站起的咒诅者何处躲藏？

第一个库奇马用肩膀撞开房门，
房间里有人们、马匹和军队，
一队接一队，军官们排成了一排
都准备乘坐在一动不动的马背上。
军官们身上的军功章在闪闪发光，
比军功章更亮的是银制的武器。
所有官兵都望着前面的那个人，
而他用一只白手抓住缰绳，张着嘴，
只等利剑发出的信号和命令。

库奇马神父，可这是间空房，
这里一个活人也没有，那是镜子
反映出对面墙上的图画。
而你最初以为会倒塌下来，
马蹄在践踏着革命……
你还不习惯宫中的这些奇事，
你感到害怕，不过这是最后一次，
为了帮助你的无知和恐惧，
同志们加强了大炮的轰鸣声。
古老的世界，既无活人也无死人
甚至也没有你那穿戴光鲜的连队，
就连你的军刀也都是画的，
他们不会从最后的牺牲中把你救出，
于是你掉进了那镜子的深渊中，
幽灵的骑队、饥饿的骑队老爷的骑队，
在镜子里它们时时刻刻都更加相似，
宫中的骑兵队，朝向底层、底层。

这一天

又是铃响，尖锐的铃声传入我的耳里，
谁在门外？有什么消息？为何这么早？
我不想知道。也许我还在睡梦中。
我不想出去，我不去开门。

是不是早晨的窗外雾霭朦胧，
这样模糊，难道我是泪眼在看？
是不是钟表的指针在滴答作响？
还是我的心脏像鼓似的在敲动？

只要你们谁也不愿第一个说话，
希望就不会那么肯定，同志们……
大家沉默着，都知道我不想听什么，
我不得不从低垂的脑袋中去猜想，

是不是在第四面的革命旗帜上
给我们亮出了一道命令？

——在革命旗帜下加强警卫！
要在所有的门口加强警卫！

党是人类的眼睛。
党是人民的力量和良心。
任何事物都不会被他的生命忘记，
人民的党会驱除一切黑暗。

不可磨灭的印刷的字体，
我用颤抖之手写的字不能代替，
痛苦不能把它歪曲，眼泪也不能洗掉。
这是完全正确的。这样甚至要更好。

1953 年 3 月

入　党

一个星期天的上午，
太阳照射在窗台上。
我看到你坐在桌旁，
低垂着你那宽大的额头，
在填写你二十二年
的生平简历。

你从记忆深处开始：
农村的饥饿和战争，
你把它们作为
第一批保存的记忆。
但是这遥远的情景，
很难把它写成文字。
你想起自己的过去，
就仿佛是在梦中遨游。
觉得这梦中的地方
与现实大不相同。

最后，就像飘浮不定的云
融进了阳光中。

幸运的人，你不用
沉浸在马克思的书中，
经过七条绝望的河，
经过七座谎言的山。
你不用在半明半暗的
地下室中去读它。
不用一听到脚步声
就把书藏在外衣下面。
它自己就会来到你的身边，
和你相距只有一尺的距离。
你可以公开地去读它，
当你已长大适合读它的时候。

你从学校组织的参观中，
了解了奥斯维辛[①]的惨景，
还有它的那些建筑物。
你看到黑云般的鸟群
正在这可怕的地方飞旋——
即使你想起你的那些
失去了生命的朋友们，
你的额上也不会阴云密布。

---

① 奥斯维辛集中营是希特勒设在波兰的最大的集中营。

因为你那时年纪幼小，
还不能理解友谊的含义，
也还不了解这样的损失，
在他们的心灵上
留下了永久的伤疤。

你的成长
正是美好的时光……
——有没有别的问题要问？
——是的，还有要问的事情。

你带来了什么？
青春的氧气——诚实。
只会夸夸其谈吗？
是像火光一样严厉，
还是像灰烬一样冷淡？
思想是充满希望
还是冷酷无情？

问题相当尖锐，
但必须如此。
因为你选择的
是共产党员的生活，
而未来正期待着
你的胜利。

如果你的感情
像掉进水中的石头，
如果你的眼睛不是观察，
而是冷眼旁观，
如果激情澎湃的爱
变成逆来顺受的冷漠，
如果你的脚只习惯于
在平坦光滑的大道上行走——
不，我还没有把话说完，
尽管思想很明确，
你还是要用自己的想象
把那些空间填满。

党，参加党，
就要和党一起行动，
就要和党一起思想，
就要去实行宏伟的计划，
就要和党一起日夜操劳。
相信我，这是我们青春年华
最美好的嘉奖
——双肩上的星章。

向自己提问题

什么是微笑
和握手的内容?
你在握手问候时
是否站得很远,
就像人与人之间
相隔得那么远?
你对一见钟情
会给予不满的评判?
你对人类的种种苦难
会像翻阅书本那样揭开?
不是在字里行间,
不是在每个段落里
去寻找激动?
你是否真实、完全地
去了解人们的处境?
你在回答问题时,
决不会闪烁其词。

诚实的地方——
却是多彩的玩笑。
你如何去计算损失？
无法实现的友谊，
冷漠无情的世界？
你是否知道，
友谊和爱情一样
都需要共同创造？
在艰苦的工作中，
是谁不能坚持到底？
在朋友的错误中，
难道就没有你的责任？
是谁在悲伤？在高兴？
你还来不及去帮助，
就已流下了多少眼泪！
为了千年的幸福，
共同承担责任——
你是否轻视
单独的一秒钟？
你是否轻视
眼泪和脸上的皱纹？
你是否从不忽视
别人所做的努力？
桌上放着一只茶杯，
谁也没有看到它，
直到无意把它碰倒在地，

人们才对它注意。

人与人之间的关系，
是否一切都那么单纯？

致不幸的女恋人

你在收音机里收听华尔兹，
还不停地摆弄你手上的戒指，
甚至在交谈时也满脸笑容。

但是你却被我的目光所吸引，
慢慢把你的眼睛掉转过去，
就像病人痛苦时出现的情景。

你会认为，我有一双平静的眼睛，
就不会去理解
别人的心神不宁。

不过，我个人的幸福
也曾经历过不止一次的失败，
许多事情我都能体会理解。

我知道，动听的声音

怎样变成嘶哑的低语，
而回忆又是怎样被凝结。

我认识一些人，他们的心早已冰冷，
却在奢谈什么我们多温暖、多快活。
当他们大笑时，那是他们在骗人。

我也知道，该怎样装出一副面容，
让所有的人都不能看出你的悲痛。
那是在遥远的过去，很久以前，
我才需要这样的一种技术。

如今我也会采用这样的技术，
但我不想使用这种虚假的伪装，
你只能在我这里找到真情实况。

我还记得额头上凝结的霜冰，
桌子上还有一封未拆开的信，
心就像蚁巢那样充满了坚毅。

脆弱的想象，矛盾的计划，
还有那不切实际的沉默，
现在该是说出一切的时候！
我是否知道痛苦？黎明的哭泣，
突然失去的希望，
还有肩膀上失去的重压？

啊，你们那些被烧毁的约会的桥梁，
假如今天我把双手放在火里烧烤
——也不再会是过去那样的感觉。

可是你却以为
我有一双平静的眼睛，
就不能理解别人的心神不宁。

如果不是痛苦、阴影和愤怒，
而是只有快乐、明朗和歌声，
把我的手引入诗中该有多好。

被激怒的缪斯

为什么我的爱情诗
会写得这样少?
你早就该向我
提出这个问题。
但是你却像那些
宽容的人那样，
一直要等到火花
在诗节中燃烧。

我沉默——这沉默
仅仅是出于担心，
我的歌曲
会给我带来痛苦。
会有那么一天，
这些词句被突然否定，
只留下音律和韵脚。
爱情飞走了，

就像树枝投下的阴影
不可捉摸。
啊,是的,这平常的担心
却把我的喉咙扼住了。

幸运的是我知道
应该怎样去对待这种沉默。
如果我甚至不敢
去触及带刺的玫瑰,
我又怎能容忍
雄壮的诗句向我尖叫?
令人惊恐不安的担心,
为何对我这样糟糕……

当我开始写作时,
就像是有人来到我们中间,
他不等到结束,便砰的一声
破门而入。
也许是风吹开了窗子。
——真是废话!
也许来的是缪斯,
爱情诗的缪斯呢?

我知道,我的举止
得罪了邻居。
别人想说什么

就让他说去好了。
我从楼梯上跑下，
在深沉的寂静中叫喊：
埃拉托[①],你回来！等等我！
埃拉托,你听见了吗?

① 九缪斯之一,埃拉托是专司爱情诗的缪斯。

爱 侣

这里是多么寂静，
我们听见了昨天的歌声：
“你上山，我走向河谷……”
尽管我们听见，却不相信。

我们的欢笑并不是悲伤的面具，
我们的善良也不是自我牺牲，
其含义要更为深远，
我们同情那些并不相爱的人。

我们沉醉在自己的惊喜中，
还有什么能让我们惊讶万分？
无论是夜晚的彩虹，
还是雪中飞翔的蝴蝶。

而当我们沉沉入睡时，
却在梦中看到了离别。

但这是一个好梦，
但这是一个好梦，
因为我们已从梦中惊醒。

钥 匙

有钥匙,但突然丢失了,
我们该如何走进家门?
也许有人会拾起那把钥匙,
他看了看——这对他又有何用?
于是他走了,又把钥匙抛弃,
像抛弃一块废铜烂铁。
我对你的爱情,
如果也遭到这样的命运,
对于我们,对于全世界,
这种爱情都会令人悲痛万分。
即使被别人的手捡起,
也无法打开别人家的大门,
只不过是一件有形的东西,
那就让铁锈去毁掉它吧。

不是书页,也不是星星,
更不是鸣叫的孔雀,
安排了这样的命运。

同怀疑论者的谈话

我：

你的轮船已经离岸，
但你却留在了岸上。
你踏着旧的足迹走来走去，
你等待，却不知在等待什么？
年年月月和整个历史
都在你的身边走过。
失败不能使你心灰意冷，
胜利也不能使你热情似火。
你把蠢人的冷漠
当成了圣人的镇静，
你把经验贬低为
商人的投机取巧。

他：

我不是你们的敌人。
进步是个美妙的词，

用拖拉机替代铁犁，
用新砖去清除瓦砾……
但是要去改变一个人——
啊，多么可笑的大孩子们，
那要比说服月亮
用它本身的光去照耀还要困难！
要拔除人们心中的
仇恨和怀疑，
贪婪和权势欲，
嫉妒和恐惧，
那就意味着，
要从他心里
拔除所有的网络和根脉。
这就是你们的乐观主义？
这就是你们的人道主义？

我：

你是在说谁的心？
还有这异常的预言？

他：

那就算是——我的心，
我本人就是很好的例证。

我：

这是最巨大的孤独了。

他：

啊，整夜不停地交谈
已使我摆脱孤独的命运……

我：

连同镜子里的影像一起。

逃

恩里克·伯纳尔，第一个向广岛扔原子弹的飞行员，来到卡斯特罗·厄迪亚列斯修道院当修士。

我的头上戴着修士的帽子，
除了阴影，我什么也不见，
除了寂静，我什么也不听，
让我的嘴只为沉默服务，
让这房间的四壁和铁栅，
把我关住，远离世界。

这个完成人类历史上
最残酷命令的人这么说。
他心中充满绝望，想把这绝望
藏进这修道院的石头之中。

你们不要把我看作是个活人，
人们啊，我再也不能和你们在一起，

我想要让这双手和这悲惨的事件，
永远被人们忘记。

他望着自己的双手这样说道：
就是从这双手中的一次打击
便使几十万人的声音，
在人世间沉寂，不再回响。

这不是我想做的。我也不知道
这打击会造成如此巨大的损失。
原子弹已经威胁到整个的人类
——我是在真心地哭泣，
我在自己的房间里赤脚跪着，
我是处在极度的悲伤之中。

他确实十分伤心，低垂着头，
翻动着圣经的书页，
他在为那时死去的所有人
读着祈祷文，用已死去的语言。
而在他身外的地方
是盛开的春天，喧闹的秋天，
山脉，平原，海洋，
森林中的绿树在欢唱，
太阳的光束照射在溪流上，
五光十色的曙光和黄昏，
让人目不暇接，泉水的叮咚

被风吹得东倒西歪的树枝，
这一切都处在他的身体之外。
富饶的土地及其未来的命运，
美好的人们想从这种灭亡中
拯救出自己和新的一代。
他们的劳动、信任和生活的勇气，
他们应得到和生活相等的幸福，
他们真诚的友谊和赤诚的爱情。
女人大腿上的肌肉，
这一切都很美好——而美好的一切，
都是正义的活动。
嘴的唠叨，眼睛的敏锐
能立即区分出善与恶，
劳动者的双手紧握在一起
在斗争中没有消失的愤怒，
它在罪恶面前决不会退缩。

我扔掉了军装，它玷污了
我的名誉。你们还想要什么？
我已经和这种无法无天一刀两断。
我蔑视这个世上的名望，
我用泪水洗净我的双手，
再多我就无法做到了。

墙上那跪着的影子越来越长。
修道院高塔响起了午夜的钟声。

啊，他错了，他是多么的悲伤，
就是那个在黑暗中遮住脸的人，
这样的清算无法平衡，
最纯洁的泪水已不再涌现。
他朝修道院的大门跑了过去，
回声已在人口稠密的城中沉寂。
他等待的呻吟变成了抗议，
直到跪着的人还没有站起，
他的声音想传遍整个大地，
给他发出千百个回声，
在战争的康采恩上面轰鸣。
他正等待着这声音的回响。
然而在侧门的外面却是寂静
和沉默的窗户。晚上的烟雾
已布满房间，直达拱顶，
这里的蜡烛已熄灭，抑或是良心？

眼睛仰望天空，
心脏离开大地，
啊，就连在飞行中的小鸟
也不能这样可怕地
站立不动。

作为母亲

我的愤怒
既不脆弱也不狭隘。
这是一个女人的愤怒，
这女人没有亲生的孩子。

善良的人们
这样说，也这样教导：
任何一个孩子
从来都不会是别人的。
我那面黄肌瘦的儿子
为牺牲者掘墓安葬。
可那些侵略者
又是怎样对待我的儿子？

我的一个女儿
赤脚跑过荒原，
她的头发上

有被汽油烧焦的发髻。

侵略者夺走了
他们所拥有的一切。
只需一个轻微的动作
就把他们的双肩抱住。

他们的梦在摇篮中
摇动着他们的眉毛。
他们的记忆
只能记住自己的姓名。

在你们的国家里，
你们怎样对待我的孩子？
你们把他们的苍白脸孔
紧紧按在了地面上。

而在他们的脖子上
却挂着一面铅牌，
即使它们散成了碎片，
也能把它们找到。

我的孩子们
被欺骗、被愚弄。
他们望着天上的飞云，
但他们的眼里只有悲哀、悲哀。

啊，他们不知道，
他们等待的是巨雷，
而这场暴风雨
正在白宫酝酿！

尽管我是个
自称的母亲，
但这并不能让我躲过
真实的痛苦。

作为母亲，
我是孩子们的盾牌。
作为母亲，
我是射向法西斯胸膛的利箭。

美人鱼岛

她们站在海岸上，
梳理着头发，
唱起美妙的歌，
随着微小的波浪，
追逐着那些白帆，
歌声飘扬不断。
谁若是听见这歌声，
谁就会受到迷惑。
他便会丧失意志，
离开自己的原路，
朝海岛方向游去。
他太不幸了！太不幸了！
从此他再也不能回来了！
是这种迷人的歌声
迷住了他的心灵。
姑娘们欢笑着，
把细沙撒在

人们的颅骨上。

了解此事的奥德赛，
便用蜡堵住了
船员们的耳朵。
他命令船员们，
将他捆绑
在桅杆上。
要绑得紧紧的，
越紧越好。
今天她们就是放声歌唱，
也会徒劳无功，
绳索会将我保护。
可是那些美人鱼，
比人们梦见的
还要美丽。
啊，她们是那样的美，
会令你呼吸短促，
喉咙里会发出叹息。
奥德赛感受到
绳索把他捆绑在
白帆的下面。
快把我解开！——他朝
自己的船员大喊大叫：
我想要留在这里！
但是船员们却没有听见，

依然继续前行，
直至歌声消失。

这个令船员胆颤心惊
出自希腊神话的海岛，
到底坐落在什么地方？
海岸已经空荡，
仿佛此地已被巨风
横扫而过。
美景也已
脱离罪恶。
歌声已逝，
又是谁在歌唱？
也许是这巨风
把带刺的铁丝吹响。
魔法失灵了，
神话已成过去，
谁会把它忆起……
爱琴海岛，
赤裸而傲然
挺立在海中。

美妙的景色
不再为暴力效劳。
面具已被撕下。
欺骗就是欺骗，

真理就是真理，
背叛就是背叛。
耳不再受迷惑，
眼不再有幻觉，
这是错误的形象。
不再需要蜡了，
也用不着绳索，
事情就是如此简单。
我说的这件事情
只有一个地址，
一个明确的地址。
红色的风帆
美得有如朝霞，
正在海中航行。
你们想在黑暗和寂静中
把这座岛屿占领，
那纯粹是狂想。
奥德赛
和他的伙伴们
已高举紧握的拳头。

热爱祖国大地的谈话

缺少这种爱，人可以活下去，
人的心定会像坚果一样干硬。
小小的命运却在吞噬着顶针，
远远地脱离了烦恼和欢乐，
仅凭自己的尺度去认识希望，
给自己在黑暗中筑起隐蔽所。
见到腐物的光亮会说是“白天来到”，
见到太阳的光芒则什么话也不说。

他们缺乏这种挚爱之情，
犹如一扇被烧毁的窗子，
破碎的玻璃，散去的烟云，
就像一棵突然倒下的树木，
它原本就长在肤浅的地上，
被大风连根拔起。
它虽能生活一个短暂的时间，
却失去了原有的绿色葱葱。

再也不能在森林合唱队中歌唱。

祖国的土地，辉煌灿烂的土地，
我不会成为一棵被吹倒的大树。
我每时每日都在茁壮地成长，
我不会像一根断了的线，
这里有我的欢乐、忧伤、骄傲和愤怒。
我要抛弃一切空洞无物的言词。
可以不爱你——而活着，
但这绝不会有好结果。

历史已扎根在深深的土壤中……
我有时站在大路的中间，
也许在一只铁皮的箱子里，
有几首人们不知道的歌。
也许是一只罐子、一把弓，
而在大地的腹中依然热浪滚滚。
也许是非常古老的房屋的门槛，
我们就是跨过它才进入了历史。
从此我的思想便进入未来的世纪，
我现在正在构思新的想象。
我看到躺在河底的一块石头，
并想要仔细研究它的形状。
未来的雕塑家用这块石头
能雕刻出同龄人的头像。
这石头躺在维斯瓦河的河水中，

石头里面隐藏着后代的脸孔。

为了让这脸孔显示出平静、
仁慈和机智的微笑，
我的人民决不会吝惜一切力量，
去为它斗争，为它创造，为它操劳。
我们头上是辉煌年代的光环，
我们脚下是祖国的大地。
我不会是一只胆怯的小鸟，
也不会是鸟飞走后留下的空巢。

呼唤雪人

（1957）

夜

上帝说，你把你爱的独生子伊扎克带上，和他一起到莫里亚的土地上去。到了那里，你把他作为祭品献给我指定给你的那座山。

伊扎克做了什么，
请问神父老师。
是把球踢破了邻居家的玻璃，
还是穿过篱笆时
把新裤子撕破了？
是偷了别人的铅笔呢，
还是吓跑了一只母鸡？
或者私下里说过什么话？

让那些成年人
去做他们的蠢梦吧。
今天晚上
我可要守护到凌晨。

今夜沉默无言，
但这种沉默是针对我的。
这是个漆黑的夜晚，
就像亚伯拉罕的热心那样。

我能到哪里去躲藏?
当上帝的圣洁眼睛望着我
如同望着伊扎克一样。
古老的历史，
上帝只要愿意便能死而复活。
我因为担心害怕
便扯过一条毯子盖在头上。

过不多久
窗外渐渐发白。
鸟鸣和风声
在房间里呼啸。
可是这里既无
长着大翅膀的鸟，
也没有
身着长衬衫的风。

上帝终于来到此地，
但他的降临纯粹出于偶然，
他根本就不打算来到这里。
随后他把父亲带进厨房

和他进行了一番密谈，
还用大喇叭向他耳里吹风。

而当第二天天一亮，
父亲就带我上路了，
我走呀，走呀，
仇恨让我眼前一片漆黑，
我不相信任何的善和爱，
我比十一月的落叶
更加无助。
我不相信，
因为信任毫无价值。
我也不爱，
我的胸中有颗跳动的心，
它要变成什么样子
就由它变去好了。
即使跳动的不是我的心
而是一株干蘑菇。

上帝在等待，
从云雾缭绕的凉台上眺望。

哈尼娅

你们看，这是哈尼娅，一个好女仆，
这不是炒锅，而是一圈圈光环，
骑士与巨龙组成了这幅圣洁的画图，
而巨龙却是这悲惨生活中的牺牲品。

这不是珊瑚，而是哈尼娅的念珠，
这双带襻儿的皮鞋由于经常跪拜而破损不堪。
这是她的黑头巾，犹如夜晚的卫兵，
当教堂钟楼响起第一遍钟声时。

她在擦镜时看到了尘埃后的魔鬼：
它全身发青，我的老天爷，
它还穿着一件黄条衫，
它恶狠狠地瞪着眼，咬牙切齿，
如果它把我写进催命簿又会怎么样？

于是她参加了兄弟会，虔诚祈祷，

伴随着银色的烛光为心灵赎罪。
从此开始建造起新的教堂，
所有魔鬼立即逃进了阴影中。

为灵魂赎罪付出了巨大的代价，
她衰老了，而且骨瘦如柴，
哈尼娅是那样消瘦，而且一无所有，
在茫茫无边的苦海中挣扎。

五月色彩缤纷，腊月满天灰雾，
枝叶繁茂的树冠，你为自己感到羞耻。
悲伤吧，明亮的太阳，自责吧，朵朵云彩。
春天，你融化冰雪，让天空开满鲜花！

我从没有听见过她的欢笑和悲哭，
她温顺谦和，对生活一无所求。
伴随她人生旅途的只有阴影——
这肉体的丧服，
破损的头巾在风中呼呼直响。

公　开

我们是一对赤身裸体的情人，
美丽胴体只为自己，这就够了，
我们深夜里就这样躺在床上，
只有睁开了眼皮才会穿上衣衫。

不过，它们都看见过我们，
这四个墙角，还有第五个壁炉。
那些想象的影子坐在椅子上，
还有那张桌子，一直沉默不响。

还有茶杯，为什么杯底里
没有喝完的茶没有干涸，
斯威夫特已无任何的希望，
这天晚上谁也不会去读它。

小鸟呢？不能抱任何的幻想，
昨天我看见它在蓝天上

已经公开地傲慢地
写下了我叫唤你的那个名字。

树木呢？请告诉我，
你不知疲倦地唠叨了些什么？
你说，风也许会知道，
可是风又怎么会知道我们？

一只晚上的蝴蝶从窗口飞进，
它有一双毛茸茸的翅膀，
它忽而高飞，忽而低翔，
老是在我们上面嗡嗡作响。

也许它比我们看到的更多，
因为昆虫的视觉更加灵敏。
我毫无预感，你也没有猜到
我们的心会在黑暗中发光。

欢迎喷气式飞机

今天比声音更快，
明天会超过光速。
我们把声音变成乌龟，
把光速变成兔子。

根据古老的传说，
这些善良的动物，
还是在很久以前，
彼此之间便展开了竞赛。

它们跑啊，跑啊，
穿过这低平的大地，
如今你们还想在高高的蓝天
继续你们的竞赛飞行。

轨道已自由畅通，我们决不

妨碍你们的竞争，
因为我们早已飞离，
还是让你们去角逐追赶吧！

考　验

啊，是的，歌曲，你在嘲笑我，
因为即使我爬上山去，也让玫瑰花开放，
只有玫瑰才会开玫瑰花，别的不能，你知道。

我曾试图长出叶子，长成树丛，
带着紧闭的呼吸——为了更加快捷，
期待着自己成为玫瑰那一刻。

歌曲啊，你对我毫无怜悯之心，
我的身体只有一个，不能变成虚无，
就是算上骨髓，我的生命也只有一次。

凌晨四点钟

这是从夜晚过渡到白天的一个钟点，
这是夜里辗转反侧的一个钟点，
这是三十岁的人的钟点。

这是受制于公鸡打鸣的那个钟点，
这是大地舍弃我们的那个钟点，
这是星星消失隐没的那个钟点，
这是在我们身后什么也没有留下的那个钟点。

这是空虚的钟点，
寂静荒凉的钟点，
是所有其他钟点的基座。

凌晨四点钟对谁也不吉利，
如果凌晨四点对蚂蚁有利，
那么我们就向蚂蚁祝贺。
还是让五点钟到来吧，
只要我们还生活下去！

带气球的静物

临死的时候
我不去回忆，
我在劝说我自己，
要找回失去的东西。

越过门窗和雨伞，
箱子、手套和外衣，
这样我就可以说：
这一切对我又有何用。

别针、这种和那种梳子，
纸做的玫瑰、绳子和刀具，
这样我就可以说：
我什么也不惋惜。

无论你在何处，钥匙，
请你及时赶回来。

这样我就可以说：
我亲爱的，生锈了。

证明信、出入证和调查表
像云彩一样降落。
这样我就可以说：
可爱的太阳已西沉。

手表啊，你从河里浮出，
请允许我把你带在手上。
这样我就可以说：
你快去装扮钟点。

你同样能找到气球，
它曾被大风吹走。
这样我就可以说：
这里没有儿童。

你飞离敞开的窗口，
你飞向辽阔的世界。
有人在大喊大叫：
啊！如果我能哭，多好。

致友人

我们结识于从大地
到星星的广阔空间，
我们迷失于从地上
到天空的广阔空间。

这是从伤心到哭泣
的宇宙空间，
在从虚伪到真理的途中
你不再年轻。

喷气机在嘲笑我们。
在飞翔与声音之间
——寂静的缝隙，
——是世界的纪录。

那些速度更快的飞行，
它们的迟来的声音，

要在几年之后
才能把我们从梦中惊醒。

喊声响彻四面八方：
我们都是无辜的人！
谁在呼叫？我们跑过去，
将窗户打开。

喊声突然中断，
窗外流星飞逝，
就像炮声轰鸣之后，
墙上的白灰纷纷掉落。

恢复名誉

我使用想象的最古老的权利，
生平第一次呼唤死去的人。
我望着他们的脸孔，倾听他们的脚步声，
尽管我早已知道他们确实离开了人世。

有时我双手抱着自己的头颅对她说：
可怜的约利克，由于你的无知，
由于你的盲目轻信，也由于你的无辜。
你如何保持精神的平衡，
在未受检验和已受检验的真理之间？

我曾相信过他们的背叛，
相信他们已身败名裂，
况且他们的坟茔已无人知晓，杂草丛生，
乌鸦在悲鸣，暴风雪在坟上肆虐横行。
——啊，约利克，那些都是虚假的证人。

死者的英名至今永垂不朽，
人们对他们依然铭念在心，
货币会起伏动荡，也不会有这样一天，
人们将保持自己的永恒。

如今我更加清楚永恒的意义，
它可以随意被人剥夺和赠予。
谁若是被称作叛徒，那他就会
和他的名字一起死去。

这凌驾于死者之上的权力
要求具有不可动摇的威力。
要让法院不在晚上进行审讯，
要让法官保持公正廉明。

大地在沸腾——那是他们，
已与大地融为一体。
他们一个接一个地
一群接一群地站立起来。
他们走出了沉默，他们恢复了姓名，
他们得到了人民的怀念、花环和赞誉。

我的驾驭词句的权力又在哪里？
词句深深陷落在泪水的底层，
词句是无法使人复活的词句，
而僵硬的描写则像闪光灯下的相片，

我竟无法让他们恢复到一半的呼吸，
我成了被打入诗歌地狱的西西弗斯①。

他们朝我们走来，像钻石一样坚硬，
——沿着琳琅满目的橱窗，
——沿着热情妩媚女人的窗前，
——穿过玫瑰色眼镜，穿过透明的
头脑、心灵——悄悄地急速行进。

① 西西弗斯是希腊神话中的人物，宙斯罚他来回搬运石头。

安　葬

他们从地里取出头骨，
并把它放在大理石上，
把那些勋章轻轻地
放在紫色的枕头下。
他们从地里取出头骨。

他们在一张小卡片上读到：
a. 这是个正直的农民，
b. 乐队，快奏起乐来，
c. 遗憾的是，他不能长生不死。
他们正读着一张小卡片。

但是你，人民，能做出评价，
你也能尊重这些成果。
人只能出生一次，
却能有两座坟墓。
可是你，人民，能做出评价。

为了这上千把长号，
并不缺少游行。
人群也不缺少警察，
大钟也不缺少敲打，
并不缺少游行。

他们眯缝起双眼，
从地上转向苍天。
鸽子是否已经飞走，
嘴上是否咬着炸弹。
他们眯缝着双眼。

在它们与人民之间
只有一片树林，
只有树叶的沉默
和树叶的低沉吟唱，
在它们和人民之间。

这里有活动的大桥，
这里是满地石头的丘陵，
山脚被坦克碾平，
发出轰隆的回声。
这里有活动的大桥。

全身被自己鲜血染红，
人民正怀着希望离去。

它还不知道，由于惧怕
钟上的绳子已经腐朽，
全身染有自己的鲜血。

小广告

无论谁知道在什么地方
出现怜悯(心的想象),
就请说出来! 就请说出来!
要用饱满的声音去歌颂它,
要像丧失理智那样去跳舞,
在细弱的白桦树下狂欢,
直到闹得大哭一场。

我用所有语言
教人沉默不语。
通过细致方法去观察:
群星闪耀的天空,
中国猿人的下颌,
一只蝗虫的跳跃,
一个婴儿的指甲,
浮游生物,
片片雪花。

我把爱情修复
注意！机会！
躺在去年生的草上，
让阳光照进你的喉咙。
你躺着，风在飞舞
（去年的这风
抚摸着你的头发）。
表现为：梦。

招聘一个人
为死于养老院
的老人哭丧。
应聘者无需交简历
和书写的表格。
所有文件一律撕毁，
不开票据。

至于我丈夫的许诺，
我不能答应。
他是用人世间的五颜六色
和花言巧语诱骗了你们，
他用窗里的歌声，
墙外的狗叫，
让你们相信
不会再有孤独、恐惧。
黑夜，白天之后的寡妇。

向卢德维佳·瓦夫仁斯卡默哀一分钟

你到哪里去?
那边只有浓烟和火光!
——那里有四个别人的孩子,
我要去救出他们!

这是怎么回事?
为什么自己
会突然改变?
会颠倒日夜的秩序?
会远离明年的白雪?
会改变苹果的艳红?
会用爱去代替悲痛,
而爱是永无止境?

她来去都没有招呼一声,
便独自跑去救儿童。
看,她肩上扛着他们,

窜进了齐膝的火中，
散乱的头发冒出火光。

她原本打算去买车票，
外出一段很短的时间。

她写好了一封信，
雷雨过后她打开了窗户，
在林中的小路上漫步。
她好奇地望着一窝蚂蚁。
随后她又观看
风吹湖水掀起的涟漪。
为死者默哀一分钟，
时间一直延伸到深夜。

我是飞云和飞鸟
的目击证人。
我听见野草在生长，
我能说出它的名字，
我认出了上百万
印刷的文字。
我用望远镜看到了
许多奇异的星星，
但至今还无人
向我求助，
如果我珍惜

树叶、裙子和诗歌……

我们对自己的认识
也只有受过检验的部分。
我向你们讲述这件事情，
出于我那颗无人了解的心。

勃鲁盖尔的两只猴子

我常梦见我的中学毕业考试：
两只被锁住的猴子坐在窗台上。

窗外，天空在飞翔，
大海在翻腾。

我正在考人类史，
结结巴巴，含糊其辞。

一只猴子瞪着我，嘲讽地听着，
另一只猴子像是在打盹儿——
可是当提问后出现沉默时，
它却在向我提示，
用锁链发出轻微的声响。

再一次

在那些被铅印封起的车厢中，
一群有名有姓的人正在国内旅行。
他们要到哪里去？
他们何时下车？
别问，我不知道，我也不说。

名叫纳坦的人用拳头敲打着车壁，
而叫伊萨克的人在发疯般地唱歌，
名叫沙拉的人在大声叫喊，快拿水来，
为了那位快要渴死的阿龙。

名叫大卫的人，你不能跳车，
你的名字注定你必然失败。
无家可归，不要让任何人
去承受国家的过重的负担。

给你的儿子取个斯拉夫名字，

因为在这里连头发都会精确计算，
因为在这里能分辨出好坏，
根据他们的姓名和眉毛的形状。

你不能跳车。你的儿子就叫列赫[1]。
你不能跳车。现在还不到时候。
你不要跳，夜像笑声一样弥漫大地，
火车的车轮在铁轨上发出隆隆声。

浮云般的人群在这个国度上行走，
云块巨大只落下小雨，一滴泪水。
小雨，一滴泪水，干旱的时期。
铁轨向黢黑的森林延伸。

隆隆隆，车轮在响。森林无垠。
隆隆隆，发出叫喊的火车穿过森林。
隆隆隆，深夜被惊醒的我听见了。
隆隆隆，寂静中的寂静在哀鸣。

---

① 列赫是波兰祖先的名字，通指波兰人。

仲夏夜之梦

阿登的森林已在闪耀，
你不要向我靠近。
傻姑娘！傻姑娘！
我和世界连成了一气。

我吃过面包喝过水，
我受到雨打和风吹。
因此，你要小心我，离开吧！
因此，你要闭上你的眼睛。

离开吧！离开吧，但不要走陆地，
游开吧！游开吧，但不要去海洋。
飞走吧！飞走吧，我的好人儿，
但不要接触空气。

我们闭着眼睛对视，
我们紧闭嘴唇交谈，

我们隔着厚墙相拥。

我们这一对并不可笑，
森林代替月亮在闪耀。
一阵狂风掀起了你夫人的
放射性外衣，皮拉姆！

亚特兰蒂斯岛[①]

存在，或不存在，
是在岛上，还是不在岛上，
是海洋或者不是海洋，
是已吞没还是没有吞没。

是有人爱上别人？
是有人在和别人斗争？
是一切均已发生还是没有发生。
是在那里还是在别处。

那里有七座城市，
是不是确凿无疑？
它们想永久存在，
证据又在哪里？

---

① 亚特兰蒂斯是古希腊传说中的一个岛屿，相传为古代文明的发源地。

他们没有发明火药，没有。
他们发明了火药，是的！

他们猜测，他们怀疑，
他们没有记住，
没有脱离空气，
脱离水、火和大地。

没有凝结成石头，
没有变成水滴，
不能认真地
作出警告的表示。
陨石落下，
这不是陨石。
火山爆发，
这不是火山。
有人在呼唤某种事物，
没有人呼唤任何事物。

正加负就是亚特兰蒂斯。

任何事物都不会发生两次

任何事物都不可能发生两次，
重现时也不可能完全相同。
因此，我们出生时毫无经验，
我们死时也总是感到陌生。

虽然我们是全世界的学生中
最懒最笨的学生，
我们也不会再去重读
任何一个夏天和冬天。

决不会有两个相同的白天，
也不会出现两个相同的晚上。
决不会有两个同样的亲吻，
也不会有两种同样的眼神。

昨天，有人在我身边
大声说起你的名字。

这对于我，犹如从敞开的窗口
扔进了一枝玫瑰花。

今天，当我们再次重逢，
我却把脸转向墙壁。
玫瑰花？玫瑰花是什么样？
难道这是鲜花？也许是块石头？

为什么你，可恶的时光，
会和不必要的恐惧混杂在一起？
你来了——但你又必须离去，
你离去——却又如此美好。

我们微笑着，相互紧紧拥抱，
试图在寻找我们的一致之处，
但我们依然有所不同，
就像两滴纯净的水珠。

一次没有举行的喜马拉雅山征程

啊，这就是喜马拉雅山，
山脉向着月球飞奔。
进发的时刻，
突然停留在撕裂的空中。
云雾覆盖着荒原，
冲击未获成功。
回声——白色的沉默，
一片岑寂。

雪人，下面是星期三，
是字母、面包，
是二加二等于四，
是冰雪消融。
那里，鲜红的苹果
被削成了十字形。

雪人，在我们这里

并不是全是罪行，
雪人，并不是所有的言论
都要判处死刑。

我们继承了希望，
还有忘却的天赋。
你看见我们在废墟中
如何生儿育女。

雪人，我们拥有莎士比亚，
雪人，我们会拉小提琴。
雪人，每当黄昏来临，
我们便点起了灯。

这儿，不是月亮也不是大地，
这儿连眼泪都会结成冰柱。
啊！传说中的雪人，
请你留下吧！请你回来吧！

在冰雪围成的四面冰墙中，
我呼唤着雪人。
我跺着脚，
为了取暖，
在这终年的积雪上。

×××（从容不迫的历史）

从容不迫的历史，
给我吹起了小号。
我居住的城市
名叫耶利霍。

塔塔塔，墙连着墙
和我一起倒下。
我赤身裸体
站在空气的外衣下。

你们整齐地吹起小号，
和整个乐团一起演奏，
我的皮肤已经脱落，
我的骨头露出了白色。

滑稽戏

先是我们的爱情消失，
后是过去了一两百年，
我们又重新相聚在一起。

一对男女喜剧演员，
——观众喜爱的明星，
把我们两个来扮演。

那是一出短小的滑稽戏，
载歌载舞，令人捧腹不已。
里面还有生动的风习场景，
以及观众的热烈掌声。

你在舞台上可笑之极，
由于你的嫉妒
和你的那条领带。

我也感到晕头转向，
我的心也和王冠一样，
愚蠢的心破碎了，
王冠也掉在了地上。

我们相聚又离别。
笑声充满整个演出大厅，
即使相隔七重山、七条河，
我们都会把对方想念。

仿佛我们还没有受够
现实生活中的挫折和痛苦，
还要用言语来互相攻击。

到最后我们又握手言和，
结束了这场滑稽戏，
演职员们笑得眼泪直流，
然后便进入了梦乡。

他们将美好地生活，
他们驯服了爱情，
老虎从他们手上吃食。

我们永远是这样的人：
戴着带铃铛的帽子，
永远听着那些铃铛
发出粗野的响声。

永志不忘

他们爱上了榛树，
在露水的阳光下。
他们把枯叶和泥土
都撒在了头发上。

燕子的心啊，
请你怜悯他们吧！

他们跪在湖边上，
梳理着发上的树叶，
鱼群在水中游动，
像星星般地游向岸边。

小燕子的心啊，
请你怜悯他们吧！

树木的倒影

在涟漪中冒烟，
小燕子，你快去看看，
要他们永志不忘这景象。

小燕子，你是云之刺，
空气之锚，
改进了的伊卡洛斯，
像燕尾服在高空飞翔。

小燕子，像书法艺术
像没有分针的时钟，
早期鸟形的哥特建筑
一直伸向天穹。

小燕子，深沉的寂静，
欢乐的悲哀，
情人们的荣光。
请你怜恤他们吧！

我构想世界

我构想了一个世界，这是第二版，
第二版，修改过的版本。
它令白痴们发笑，
它令伤感者痛哭不停，
它令秃子们拿起梳子，
它令狗都穿上了靴子。

这是第一章：
有关动物和植物的论述，
其中对每一个品类
都有相应的辞典。
即使你向鱼道声
简单的日安，
也会让你、鱼和一切
坚定生活的信心。

过去只是一种预感，

如今突地变成词句，
这是森林的即兴创作！
这是猫头鹰的史诗作品！
这是眼镜蛇创作的
警句。每当我们
深信无疑时，
却什么也不是，
只不过是在睡觉！

时间(这是第二章)，
有权参与这一切，
无论是好还是坏。
但是那个能移山倒海的人，
那个参与星移斗转的人，
对恋人们却毫无任何权力，
因为他们太过于赤身裸体，
因为他们紧紧拥抱在一起，
灵魂惊恐不安，
就像胳臂上的麻雀那样。

衰老在罪犯的一生中
不过是一种道德准则，
啊，因此我们大家都是年轻人！
痛苦(这是第三章)，
肉体的痛苦令人难受。
而死神，

当你睡着时
便会来临。

你会梦见
再也不需要呼吸，
窒息的寂静
是美妙的音乐。
你小得有如火星儿，
在旋律中熄灭。

死不过如此。其痛苦
有如你手持一朵玫瑰。
你所受到的惊吓
不会超过你看见
花瓣掉落在地上。

世界不过如此，
生活也不过这样，
死亡也仅此而已。
其余的一切——就像
在锯上演奏巴赫的乐曲。

盐

（1962）

猴 子

猴比人更早地被赶出了天国，
它有双诱人的眼睛，
只要它朝公园环视一番，
连天使都会出乎意外
为它伤心。尽管它不乐意，
还是不得不在这块土地上，
创立起繁荣昌盛的种族。
它爱跳爱拿而又十分警惕，
直等今天它还具有
第三等的娇美。

在古埃及，它很受尊崇，
就像猎户座上的银色
鬃毛里的跳蚤一样。
它沉默不语地听着
他们对它需要什么，
大家都希望它长生不老。

离去时晃动着它的红屁股，
表明它既无要求也不索取。

在欧洲它被剥夺了灵魂，
只是不经意地保存了两只手。
一个僧侣要画一幅圣像，
却给她添加了一双猴的瘦臂膀。
这位女圣像不得不像乞求那样
去获取干果。

温暖如婴儿，抖动如老人，
它被大船从海外运到了王宫。
被金色链条锁住不停叫喊蹦跳，
身着鹦鹉色彩的侯爵外衣。
卡珊德拉，你为什么发笑？

在中国的餐厅里，
它被烧烤或被烹煮，
出现在瓷盘上。
一副讽刺讥笑的姿态，
就像包装错了的钻石，
它的脑子虽不那么聪明，
据说可是一道美味佳肴。

在童话里它很孤独又不自信，
爱在镜子里做着各种鬼脸，

嘲笑自己，给人以好印象。
就像是个了解一切的穷亲戚，
虽然我们对它也并不欺骗。

教　训

亚历山大王是何人，这是谁用过的剑？
要为谁去解开那个无法解开之结？
谁也没有为别人想起任何的事情。

上百名的哲学家——谁也没有把结解开。
如今他们统统躲在角落里，这毫不奇怪。
他们的大兵都在摆弄着自己的胡子，
是卷曲的灰白的山羊胡子，
于是大家都发出了阵阵狂笑声。

够了。国王从带羽毛的帽子下面抬头一望，
便跃身上马，策骑前进，
随即鼓号齐鸣，声震长空。
这支不知由何人为了何事而聚集的军队，
投入到了不知向何人为何事的进攻中。

博物馆

有菜盘，却没有激起食欲的佳肴，
有戒指，却没有相互爱恋的配偶，
如此情景已持续了三百年之久。

有扇子，哪儿有轻摇它的娇羞美人？
有利剑，哪儿有使用它的愤怒剑客？
有诗琴，却无人在黄昏时把它拨动。

只因世上缺少万物不变的永恒，
人们才收集了这上万件的古董。
年老的看守人在甜美地打着盹儿，
一大把胡须摊靠在橱窗上。

金银铜铁，泥塑和羽饰，
都在静静地经受时代的考验，
只有埃及女艺人的一只发簪在窃笑。

那顶王冠曾为多少帝王的头颅加冕，
那只手套比戴过它的手更加长久，
那只右脚的皮鞋战胜了右脚。

而我依然活着，请你们相信，
我和衣服的竞赛仍在继续，
然而它的战斗意志竟是那么执着，
竟想要超越我的生命继续存活。

在特洛伊的片刻

一群小姑娘，
瘦削而又不相信，
脸颊上的雀斑会消失。

她们走在世界的眼睑上，
并没有引起人们的注意。

她们的长相很像父亲或者母亲，
她们为此而感到真正的不安。

离开了杯盘，
离开了书本，
摆脱了镜子，
她们被带到了特洛伊。

转瞬之间她们来到一个大存衣间，
她们把自己打扮成了美丽的海伦。

在一片惊叹和长裙的沙沙声中，
她们踏上了王宫的阶梯。

她们感到轻飘飘的，
她们知道
美就是休息，
话语能表达嘴里的意思，
姿态就是一座座雕像，
不由自主地受到灵感的驱使。

她们那漂亮的小脸蛋儿，
骄傲地竖立在脖子上，
值得撵走那些使臣，
值得人们去围观。

电影中的黑发男人，
女同学的兄弟们，
艺术课的老师们，
啊，他们都为之倾倒。

年轻的姑娘们，
从微笑的高塔上
望着城市的灾祸。

年轻的姑娘们，
在这种兴奋的仪式中

感到束手无策。

年轻的姑娘们，
在废墟的背景上，
在城市燃烧的冠饰上，
耳上戴着令人哭泣的耳环。

她们脸色苍白，但无一滴眼泪。
她们饱赏着美景，
怀着胜利的喜悦。
由于必须回去，
她们才愁容满面。

年轻的姑娘们，
正在返回家乡。

影　子

我的影子是王后的小丑，
当王后从椅子上站起，
小丑的头发竖立在墙上，
他的脑袋碰到天花板。

也许他生活在二维世界里，
他以自己的方法感受到痛苦。
他在我的庄园里很不愉快，
他宁愿扮演另一种角色。

王后俯身窗外，
小丑从窗口跌到地上。
每次两个都做同一个动作，
但不是一半对一半。

我的小丑独自揽下了王室
所有的指责和无耻行为。

而我是无力承受这一切：
王冠、权柄和国王的长袍。

啊！我的胳膊活动轻松，
啊！我的头脑转动灵活。
国王啊，在我们告别时，
国王啊，在某个火车站。

我的王啊，是这个小丑
此刻正横卧在铁轨上。

其余

奥菲莉亚唱起了疯狂的歌曲，
她惶恐不安地跑下了舞台，
是长裙太皱了，还是那头长发
没有按照应有的样子垂在肩上。

太过于真实了。洗去了眼睑上
的过分绝望——作为波洛涅斯的亲生女儿，
她精确地数起了从头发上取下的叶子。
奥菲莉亚，让丹麦来宽恕我和你，
我死在翅膀上，经历了真正的背叛，
并非所有的死亡都出于爱情。

流浪者

在巴黎，从清晨到黄昏，
在巴黎就像
在巴黎，它
（帮帮我吧，这描写太幼稚了！）
在花园里的一座石头大教堂边
（它未曾建造过，啊，没有，
在诗琴上也没有演奏过它），
一个流浪者，世俗僧人，唱反调者，
睡着，一副在石棺中的姿势。

即使他曾拥有过什么，如今均已失去，
失去了，却不想再得到。
他本该得到参加过高卢战役的津贴，
但他并未享受，这已成了往事。
十五世纪就没有付给他报酬，
由于他摆了个流氓的姿势——
他早就忘了，他不再等待。

他专给邻家的那些狗剪毛，
挣到的钱便拿去喝酒了。
他以梦想发明家的姿态睡觉，
他把翘起的胡子朝向大阳。

他们用石头刻了许多灰色怪物
（如地狱象、河马等，
各种各样动物，奇形怪状，
如同哥特式的快板），

它们好奇地观察他，
却从未注视着你或我：
谨慎的彼得，
好动的米哈乌，
机灵的艾娃、
巴尔巴娜、克拉娜。

话　语

“波兰？波兰原文是法文。那儿冷极了，真的吗？”她问我，欣慰地叹了口气。现在世界上出现了这么多国家，最保险的话题就是气候。

“啊，夫人，”我想告诉她，“在我的国家，诗人们都是戴着手套写诗的。我不是说，他们从不脱下手套。如果月光能把他们照暖，他们就会脱下来。这些诗句是由隆隆的雷鸣声构成，诗句里包含着咆哮的风暴声。他们歌颂海豹饲养人的简朴生活。而古典派诗人则用墨水的冰柱去描写漂动的冰块。其余的，那些颓废派诗人则用一片片雪花去悲哭他们的命运。如果谁想要淹死自己，那他就必须有一把斧头，以便劈开冰层。啊，夫人！我亲爱的夫人！”

我就是想这样回答她的，可是，我忘记了“海豹”这个词的法文是怎样说的，对“冰柱”和“冰块”这两个词我也没有把握。

“波兰？波兰？那儿冷极了，真的吗？”

“一点儿也不！”我冷冰冰地答道。

旅行悲歌

这全都是我的，但不为我所有，
没有什么为记忆所有，
只有当我看着时才归我所有。

刚刚想起，便又不相信
自己脑海中的女神。

沙莫科夫城总是下雨，
除了下雨就没有别的。

巴黎从卢浮宫到指甲，
都为白翳所笼罩。

圣马丁林荫路上只剩下阶梯，
一直通到看不见的地方。

在桥梁纵横交错的列宁格勒，

并没有超过一座半大桥。

可怜的乌普沙拉，
只不过是大教堂的翻版。

索菲亚的不幸舞蹈演员，
是一具没有脸孔的躯体。

分开来看，他的脸孔没有眼睛，
分开来看，他的眼睛没有眼珠，
分开来看，这是猫的眼珠。

高加索的雄鹰飞翔在
修复后的山脊上，
非真实的金色太阳上，
以及虚假的岩石上。

全部是我的，但不为我所有，
没有什么为记忆所有，
只有当我看着时才归我所有。

不计其数，无边无际，
单个说来，又细小得如一根线，
一粒沙、一滴水，
——这就是风景。

我丝毫也不想保留
它那完全清晰的轮廓。

欢迎和告别，
同在一瞬间。

是超量还是短缺，
都是在脖子
转动的刹那间。

无　题

他们就这样单独地留下了，
沉默寡语，一言不发。
在彼此的不相爱中
却能和睦相处真是奇迹——
高天云层中的响雷，
把他们变成石头。
两百万册的希腊神话，
也无法拯救这对情侣。

即使有谁站在门里，
哪怕出现和消失只是一闪，
高兴，悲伤，来来往往，
激起笑声还是恐惧。

但什么事也没有发生，
只有他们自己。
没有任何的真实性，

如同在市民喜剧中。
最后的分离完全合情合理，
即使天空之洞也无法使他们理喻。

在无法动摇的墙壁背景上，
他们一方为另一方感到悲伤。
他们站在镜子前，那里别无他物，
只有真实的映象，
除了两人映象别无他物，
物质已产生高度的警觉。

它身长体宽，又高又大，
在地上，在空中，在四周，
都在监视着天赋的命运，
——就像房间里突然跃出一只狍子，
便使宇宙遭到崩溃。

意外相逢

我们相互都非常客气，彬彬有礼，
我们都说多年后相见倍感亲切。

我们的老虎正在喝牛奶，
我们的隼鹰正在赤脚行走，
我们的鲨鱼正在沉入水中，
我们的野狼正在开着的笼前打呵欠。

我们的蛇摆脱了闪电，
猴子摆脱了灵感，
孔雀脱去了羽毛，
蝙蝠早已飞离我们的发间。

我们话到中途便沉默了，
我们无可奈何地笑着，
我们的人
相互都不会交谈。

金婚纪念

他们过去一定有所不同，
如同水火那样截然不同，
他们在色欲中占有和付出，
指责对方的差异和个性。
他们紧紧拥抱，
相互占有相互疏远，
是这样的长久。
以至于在他们的臂膀中，
只留下闪电掠过之后的透明空气。

某一天，问题还未提出便有了回答，
某一夜，他们在黑暗中，
沉默地猜测着
彼此眼中的神情。

性别模糊了，秘密消失了，
相似中出现了差异，

如同所有色彩都退化成了白色。

他们中谁有双重身份，谁没有？
谁用两种笑声大笑？
谁用两种声调说话？
谁用点头表示赞成？
他们用谁的手势把汤匙送到嘴边？

是谁在这里剥下另一个人的皮？
是谁还活着，谁已死去？
是缠绕在谁的掌纹中？

凝望缓缓产生了双胞胎，
亲切是最完美的母亲。
两个孩子很难分辨清楚，
一个认出，另一个刚记住。

在金婚的日子，在隆重的纪念日里，
他们同时看见一只鸽子落在窗台上。

雅斯沃[①]附近的饥饿营

写下它，写下它。用普通的墨水，
在普通的纸上：不给他们饭吃，
所有的人都饥饿了。所有的人？多少人？
这是一片大草原，每个人
能得到几根草？写下：我不知道。
骷髅的历史记录在圆圈之中，
一千零一个总还是一千，
这一个也许从来就没有过：
一个虚构的胎儿，一只空摇篮，
一本不为任何人打开的识字课本。
空气在微笑、在叫喊、在增长，
阶梯伸向果园荒芜的地方，
队列中没有任何人的位置。

我们来到那座躺满尸体的草原，

---

① 雅斯沃位于波兰东南部。

草原像被收买的证人那样沉默，
阳光普照绿地。森林就在边上，
他们饥啃木头，渴饮树汁，
每天都是这番景象，
直到再也看不见。飞鸟高翔，
它那强有力的翅膀的影子，
沿着嘴唇不断地移动，
颌骨张开，

牙齿相互碰撞。
映照在夜空中的一弯镰刀，
正在切割梦中的面包，
变黑了的圣像伸开双臂。
手中举着一只空酒杯，
有个人在形状不同的铁蒺藜上，
摇摇晃晃，站立不稳，
嘴里含着泥土在唱歌。
这首有关战争的美妙歌曲，
直接击中人们的心灵。
快写下，这里多么寂静。
确实如此。

寓　言

渔民们撒下渔网，从深海里捞起了一只瓶子，瓶子里有一张纸，上面写着这样的字句："人们啊，快救救我吧！我在这里。海洋把我抛弃到一个无人的岛上，我伫立在岸边等着救助。请你们快来救我！我在这里！"

"没有日期。现在一定太迟了。瓶子很可能在海上漂流很久了。"第一个渔民说道。

"地点也没有标明，我们甚至连哪一片海都不清楚。"第二个渔民说道。

"既不太迟，也不很远。到处都有名叫'这里'的岛屿。"第三个渔民说道。

他们感到很不自在，因而出现了沉默。真理往往就是如此。

歌　谣

这是关于被杀女人的歌谣，
那女人突然从椅上站起。

这歌谣完全真实可信，
已经写在了纸上。

就在那扇窗帘拉开的窗户，
事情发生在明亮的灯光下。

凡是想看的人都能看见。

房门关上了，
凶手从楼梯逃走，
而她就像活人一样，
被突然的寂静惊醒。

她站起身来，转动着头，

用戒指那样痴呆的眼睛
朝四面的角落察看。

她没有抬起眼睑，
而是扫视着普通的地面，
以及发出吱嘎声的地板。

凶手留下的所有足迹
都已在炉中烧灭，
甚至连所有的照片，
还有柜子底上的
那些针针线线。

她不是被扼死，
她不是被枪打死，
她死于不明不白。

也许她会显示出生命的迹象，
会因各种细小的原因哭泣，
也许会突然见到老鼠，
被吓得大喊大叫。
她就有
这许多弱点和可笑之处。
这不难伪装。

她像平常站起那样站起，

她像平常走路那样行走。
她一边梳头一边歌唱，
她的头发还在继续生长。

共饮葡萄酒

他望着，增添了我的姿色，
我便把他据为己有，
我幸福地吞下一颗星星。

我允许自己想入非非，
在他的眼里映照出
我的影像。我跳舞，我跳舞！
迅捷地摇动着翅膀。

桌子依然是桌子，酒还是酒，
杯中的酒也依然是杯中酒，
酒杯摆放在桌子上，
但我却是虚构的，
虚幻到令人难以置信，
虚幻到让我流血的地步。

我告诉他我的真心愿望：

像蚂蚁那样殉情于
蒲公英的星座下。
我发誓，洒上了
葡萄酒的白玫瑰会歌唱。

我大笑，我谨慎地
低着头，像是在检查发明。
我跳舞，我跳舞，
身穿令人惊奇的皮衣，
投入为我而设的拥抱中。

出自肋骨的夏娃，
出自泡沫中的维纳斯，
出自丘比特脑袋里的密纳发[1]，
她们都要比我更加真实。

当他不望着我时，
我就在墙上
寻找自己的影像，
我只看见一颗钉子，
画已从钉子上拿走。

---

① 古希腊神话中的雅典娜。

鲁本斯[①]的女人

女巨人,雌性的动物,
赤身裸体有如轰响的木桶,
慵懒地躺在破旧的板床上,
睡着了,张着流口涎的大嘴。
她们的眼珠已遁入深处,
直达到腺体的核心,
酵母从中吸吮着鲜血。

巴罗克的女儿们,
面团在瓷盆里发酵膨胀,
浴室蒸汽弥漫,酒发出红光,
一群小猪似的云彩在空中驰过,
号角吹响,向肉体发出警报。

啊,南瓜似的肥胖的女人们,

---

① 鲁本斯(1577—1640),佛兰德斯画家。

衣服一脱便会增胖一倍。
姿势猛地一变便增加二倍，
你们真是爱情的油腻菜肴！

她们的苗条姐妹早已起床，
刚刚破晓，便闪现在画中。
谁也没有看见她们排成一行，
走向画布还没有着画的一侧。

有风格的女流放者们，
她们的肋骨清晰可见，
她们的手脚具有鸟类的本性，
想要用竖起的肩胛骨腾空飞走。
十三世纪会给她们金色的背景，
二十世纪——会给一个银幕，
十七世纪没有什么适合她们的平胸。

因为就连天空也是鼓胀凸起的，
鼓胀凸起的天使，鼓胀凸起的神——
蓄胡子的太阳神骑着骏马
汗涔涔地驰进了骚动的凉台。

花　腔

她站在人造的树枝下，
歌唱永恒的飘落，
用意大利语的音符，
用银铃般的和细如蜘蛛
分泌物那样的声音。

她爱那个唱 C 调的人，
而且永远都想爱他。
为了他，她的喉中有面镜子，
三次把四分之一的词拉长歌唱，
她把面包切碎并和上奶油，
去喂瓷瓶上的小绵羊，
金线饰物上的小淘气鬼。
但我是否听清楚了？真糟糕！
黑管悄悄来到她的身边，
沉重的音乐把零乱的眉毛
竖起，甚至半弯半曲。

低音歌手普罗万达，你行行好吧！

你想让她保守秘密，你要把她
带到世界的冰冷的后台？
带到那永远嘶哑的地方？
带到咳嗽的塔尔塔洛斯[1]？
那里将永无休止发出呼噜声？
那里不幸灵魂的鱼嘴在摆动？
就是在那样的地方吗？

啊，不！啊，不！在不吉利的时辰，
她不会变换自己脸上的表情！
在听过声音的头发上，
命运仅仅动摇了一瞬间，
只是让她能喘息一下呼吸，
让回声能达到天花板顶，
回到它那晶莹的平静的声音中，
像灯光那样洒满全场。

---

① 塔尔塔洛斯是地狱的代名词，其周围是三层黑暗，三道铜墙，狂风怒号不息。

男子健美比赛

从下颌到脚跟全身紧张，
身上是橄榄油的天地，
谁若是长得像鼓胀的甜馅饼，
那他一定会被选中。

他的肩膀像熊的一样，
威风凛凛(尽管他完全不是这样)。
三只隐形的美洲豹，
遭到三次打击后倒在了地上。

这位健将弯着腿，叉开双脚，
他的腹背有二十五种表情，
人们向他热烈鼓掌，
他高举双手鞠躬致敬，
希望得到相应的维他命。

作家晚会

缪斯，作家根本不是拳击手，
应邀前来的捧场听众为数不多。
大厅里只来了十二个人，
可是已到了我们开始的时间。
一半人是因为躲雨才进来，
其余都是亲属。啊，缪斯！

女人们在这秋日之夜宁愿早睡，
她们只有在拳击比赛上才会呐喊助威。
只有那里才会出现但丁的舞台，
以及升天的景象。啊，缪斯！

不当拳击手，要当诗人，
要对沉重的诺尔维德[①]做出判决，
由于肌肉的欠缺而向世界展示

① 诺尔维德(1821—1883)，波兰诗人和画家。

未来的学校课本——在最幸运的机遇中，
啊，缪斯！啊，佩格斯[①]！
你这神马天使。

在第一排，有个老人在做着甜美的梦。
他梦见死去的妻子从坟墓中复活，
还为老人烤制了一块李子馅饼，
火虽不大，但馅饼已有点烤焦。
我们开始朗诵。啊，缪斯！

---

① 佩格斯是古希腊神话中的神马，与九位缪斯有联系。神马成了诗人灵感的象征。

墓志铭

这里躺着一个老派的女人，
像个逗点。她是几首诗的作者，
大地赐予她永久的安息，
她生前未曾加入任何文学派别。
她的坟墓没有豪华的饰物，
除了这首小诗、牛蒡和猫头鹰。
路人啊，请你拿出包里的计算器，
去思考一下希姆博尔斯卡的命运。

喜剧的序幕

他给自己制作了一把玻璃小提琴,因为他想听一听音乐。他把小船拉上山脊,期待着海洋能到达他那里。晚上他读起了“列车时刻表”,读得津津有味,终点站让他感动得泪水横流。他经常把玫瑰栽种成 u 字形。他写了一首诗歌颂毛发的生长,后来又以同样的题材写了第二首诗。他弄坏了市政厅的时钟,为了要永远制止树叶掉落。在香葱生长的小山谷,他想要挖掘出一座城市。他把地球绑在脚上行走,一边微笑着,一边慢慢地移动。他和地球结成为二,二就是二,全都感到非常快乐。人们告诉他,根本就没有他这个人,而他更不会因悲伤而死去,他还得再出生一次。也许他已经生活在某个地方了,眨巴着眼睛,正在茁壮地成长。他来得正是时候!他生活在一个美好的时代!为了给慈悲的圣母,为了给甜美的理智机器以适当的娱乐,一个小丑适逢其时地到来了。

图　画

如果上帝的选民都死得如此年轻，
那么，余下的生命该如何处置？
如果青春是生命的巅峰，
那么老年就是一个深渊。

我不想再向前行，
我要保持年轻，即使需要单腿站立。
我要用胡须去触及空气，
这胡须细小得如老鼠的叫声。
我以这种姿态不断获得重生，
我不知道别的艺术。

然而，我永远都是如此：
戴着魔法手套。

表示尊敬的诗

有一次，有人想出了一个数字零，
在一个不确定的国家，
在一颗也许已昏暗的星星下，
他发誓说他不记得是哪一天了，
连一个引起争议的名字都没有。
他不想让这个零成为生活的金色梦想，
或者像神话一样。
他说有一天他把采下的玫瑰
写上零字，并捆成一把花束。
等他要死的时候他要骑上一匹
上百个驼峰的骆驼来到沙漠中。
在特大棕榈树的阴影下酣然入睡。
当他醒来时一切都已数过一遍，
甚至连一粒子也不放过。这个人是谁?
在事实和想象之间的缝隙
避开了我们的注意力。
他反抗任何的命运，

他拒绝我给予他的任何形象。
他的周围一片寂静，
他的声音也无伤痛，
他的不在犹如一幅背景，
零这个数字本身就已写成。

×××(我离他太近了……)

我离他太近了,他不会梦见我。
我既不会在他的头上飞翔,
也不会躲避他,藏在树根下。
我太接近他了。
网中的鱼没有用我的声音歌唱,
戒指也不会从我的手指上掉落。
我太近了。一座大楼着火,
我不在那里,有人喊救命。太近了。
就连我头发上的铃铛也无法敲响,
太近了。我无法像宾客那样走进,
墙壁也不会在客人面前自动移开。
我再也不会第二次死得这样轻松,
完全不像是我的肉体,浑然无知,
就像以前在他梦中那样。我太近了,
太近了。我听见这个词的声音,
我看见这个词的闪光的表皮。
我静静地躺在他的怀中,他睡着了。

那位只有一只狮子的马戏团的售票员，
尽管只见过她一次，却比躺在他
身边的我还要更亲近。
现在对她说来，他俨然是一座山谷，
红叶环绕，在浅蓝色的空气中
被一座雪山封住。我太接近了，
难以从天上向他降落。我的喊叫
也许能把他唤醒。我太可怜了，
竟受到自己形体的限制。
我是一棵白桦，我是一条蜥蜴，
我想从时间的茧子中挣脱出来，
改变我的肤色，我拥有
从吃惊的眼睛里消失的特权。
这是家中之宝，我太接近了，
近得难以让他梦见我。
我从沉睡者的脑袋下面抽出手臂，
它已麻木，布满了细小的针刺，
每根针尖上都坐着一个堕落天使，
等着他去点清。

在巴贝尔塔上

几点钟啦？——是的，我很幸福。
我所需要的仅是脖子的小铃铛。
当你睡觉时，它会叮当作响。
——难道你没有听见暴风雨？
狂风敲击着墙壁。
塔门宛如一头狮子张开大口打呵欠，
还伴随着门扣的吱嘎声。
——你怎么忘记了？
我穿着一件普通的灰衣裙，
肩上扣扣的。随后天空
便突然电闪雷鸣——我怎么能进去，
而你也并非独自一人。突然间，
我看见前面五光十色——可惜的是，
你没有答应我——你有道理。
那一定是场梦——你为何要骗我？
为什么你对我说起她的名字？
你还爱她吗？——啊，是的。

我多么想你和我在一起——我不悲伤。
我早该想到会有这种结果。
你一直还想着他吗？——但我没有哭。
难道一切都完了？除了你，我没有别人。
至少你很诚实——你就放心好了。
我要离开这座城市——你就放心吧，
我会离开这里——你的手真美。
——这事发生很久了，刀尖没有
触及骨头——这没关系，
我亲爱的，这不要紧。
我不知道，也不想知道，
现在是几点钟。

梦

我的牺牲者，我的已化成炮灰的人，
我的大地，你变成和相片上的一样：
脸上带着树叶的阴影，手里拿着海螺，
来到我的梦中。

你游历了从不消失的黑暗王国，
你游历了永远为自己开放的荒漠，
你经历了七次、七次、七次的寂静。

出现在我眼睑里面，
在他惟一能进入的世界里，
他那颗被枪杀的心还在跳动，
一阵大风把他的头发吹乱。

我们中间开始出现一座草原，
云和鸟群在天空中不停飞翔，
群山悄悄地屹立在地平线上，

江河流向低处在寻找大海。

人们从远路就看到，
白天和黑夜同时出现，
而一年四季也会同时被认识。
月亮会把它的四方形扇子打开，
雪花伴和着蝴蝶一起旋舞，
果实从开花的树上掉了下来。

我们相互走近。我不知道
是流着眼泪还是带着微笑。
再前进一步，
我们就能听见你的海螺声。
仿佛有千百支交响乐队，
在为我们演奏婚礼进行曲。

水

一滴雨水落在我的手上，
它由恒河和尼罗河的水凝成。

它来自海豹胡子上的天籁冷霜，
它来自 Ys 和 Tyr 城的破碎的水罐。

在我手指所指的地方，
里海是一座开放的海。

太平洋亲切地流进了鲁达瓦河，
流进了巴黎上空飘荡的云彩。

那是在七百六十四年
五月七日的凌晨三点。

没有足够的嘴来说出
你那些转瞬即逝的名字，水啊！

我要用所有语言来称呼您，
同时要说出所有的母音。

与此同时，我还得保持沉默，
为了那个还没有任何名字的湖泊。

地上没有这湖泊——如同天上的星星，
在湖中映出了它们的倩影。

有人溺水了，有人在奄奄一息时
向你呼救，
在很久以前，在昨天。

你冲毁房屋，你卷走一家人，
你拔起树木、森林，毁坏城镇。

你在洗礼仪式上和交际花的浴缸里，
在亲吻中，在棺木中。

你侵蚀石头，你哺育彩虹，
你在金字塔的汗水里，
你在丁香花的露珠中。
这滴雨是多么的轻盈，
世界对我的抚摸多么温存。

不论何时何地发生何种事情，
都已被写入巴贝尔的水中。

在赫拉克利特的河里

在赫拉克利特的河里，
一条鱼正在捕鱼，
一条鱼用另一条尖刺的鱼去撕碎一条鱼，
一条鱼创造着另一条鱼，
一条鱼栖息在另一条鱼里面，
一条鱼从另一条被包围的鱼里逃脱。

在赫拉克利特的河里，
一条鱼爱上另一条鱼，
你的眼睛闪烁——他说——像天上的鱼群
我愿与你一起游向大海，
啊，你这鱼群中的姝丽。

在赫拉克利特的河里，
一条鱼构想出鱼中之王，
一条鱼向这条鱼跪拜，
一条鱼向这条鱼唱歌，

一条鱼向这条鱼祈求，
为了游得慢一些。

在赫拉克利特的河里，
我是一条单独的鱼，一条与众不同的鱼
（却不是树鱼、石鱼）。
我在单独的瞬间描写小鱼，
就像银光闪闪的鱼鳞那样短促，
也许只是黑暗羞怯地眨巴一下眼睛。

内容提要

约伯，在肉体和财富遭受痛苦之后，便诅咒起人的命运来。这是伟大的诗。他的朋友们来到他身边，并把自己的长袍撕破，在主面前追究约伯的罪过。约伯哭叫说：他是个正直的人。约伯不知主为何要惩罚他。约伯不想和他们谈话。约伯只想和主谈话。主乘着旋风车来到了。他展开自己的形体，赞美自己的创造：天空、海洋、大地和动物，尤其是比希莫特和利维坦①这两个充满傲慢的怪物。这是伟大的诗。约伯听着，但主没有谈及正题，因为主不想谈到正题。于是约伯急忙在主面前谦卑地奉承一番。此时各种事件迅速出现。约伯重又得到了他的驴子、骆驼和牛羊，而且还全都增加了一倍。咧嘴大笑的脑袋使皮肤都放松了。约伯赞成这样。他同意这样做。约伯不愿破坏这部杰作。

① 比希莫特和利维坦为两大怪物。利维坦在圣经故事中是鳄鱼。

短　讯

在第一个橱窗里，
放着一块石头。
我看见它上面
有模糊的图像。
这是天然的作品，
有些人这样说。

在第二个橱窗里，
是部分的头盖骨。
很难确定——
它是动物的还是人类的。
骨头不过是骨头，
我们还是朝前走吧，
这里什么也没有。

只留下了古老的
像星星那样的

敲石取火时
的星状物。
几千年变动的
可以对比的空间，
保存得完好。

就是它，
以其内容吸引着我们，
在梦这个词前面，
显现出了梦的范畴。
在梦中，一切生物
都将不断地繁衍，
而死亡也不称其为死亡。

就是它，
把我们的脑袋转变成人的脑袋。
从一点火星到星球，
从单个到无数，
从每一个到全体，
从太阳穴到太阳穴。
凡是睁不开眼睑的人，
它都给我们打开眼睛。

天空从石头上飞走。
手杖在终极的密林中，
分出了枝丫。

毒蛇伸出了舌头，
从本身的一大堆原因中。
时间在树木的年轮中
摇摆不定。
惊醒者的叫喊声
扩展成无数的回声。

在第一个橱窗里，
放着一块石头。
在第二个橱窗里，
是部分的头盖骨。
我们让动物减少了，
谁会来减少我们，
通过什么样的类似手段，
采用什么样的对比方法。

和石头交谈

我敲响石头的大门
——是我，请让我进去。
我想进到你里面，
看看你的四周，
呼吸你的气息。

走开——石头回答，
我紧闭密封，无缝可进，
即使把我打成碎块，
我也封闭得很紧。
即使把我研成细沙粉末，
我们也不会放人进来。

我敲响石头的大门
——是我，请让我进去。
我是出于纯粹的好奇，
一生中仅有的一次机遇。

我想造访你的殿堂，
然后再去看看树叶和水珠。
可是我的时间所剩无几，
我之将死定会把你感动。

我是石头——石头回答，
因此我必须无动于衷。
从这里离开吧，
我连笑的肌肉都没有。

我敲响石头的大门
——是我，请让我进去。
我听说里面有空旷的大厅，
不让人看看，再美也是枉然。
一片寂静，没有任何脚步声，
但你该承认，你自己也不是很清楚。

空旷的大厅——石头说道，
但里面没有你待的地方。
也许很美，但不合乎
你那想象贫乏的趣味。
你能见到我，但永远不会了解我，
我会把我的整个外表向你展示，
却不会让你知道我的内蕴。

我敲响石头的大门

——是我，请让我进去。
我并不想在你里面久留，
我不是个时乖运蹇之人，
我也不是个无家可归的人，
我的世界令人流连忘返。
我将空手而入，空手而出，
只要证明我真的到过这里。
除了言语，我没有别的表达方式，
而言语又往往不能让人相信。

你不能进去——石头说道，
你缺乏参与的意识，
而其他意识都不能代替参与的意识。
即便有洞穿宇宙的眼睛，
对你也毫无用处。
你不能进去，因为你刚刚萌生愿望，
只有它的最初联想和想象力。

我敲响石头的大门
——是我，请让我进去。
我不能等二十万年，
才能进到你的里面。

如果你不相信我——石头说道，
你就去问树叶，它的回答和我一样，
你去问问水珠，它的回答和树叶相同，

最后，你只要问问你自己的头发。
笑声震动着我，是一种响亮的笑声，
一种我无法笑出来的狂笑。

我敲响石头的大门
——是我，请让我进去。

我没有门——石头回答。

一百种乐趣
（1967）

写作的愉快

笔下的母鹿穿过纸上的森林想奔向何方?
是否想喝写在纸上的水?
水面就像一张复写纸,映出了它的嘴脸,
它为何抬起了头? 是不是听见了声响?
它挺立在向真理借来的四蹄之上,
在我手指的抚摸下竖起了耳朵。
寂静——这个词在纸上沙沙作响,
也覆盖了这笔下森林的枝枝叶叶。

字母在白纸上飞跃跳动,
它们可以随意地排列组合,
组成团团围困的词句,
再也没有突围的生路。

一滴墨水蕴含着一大批
猎人,眯起了一只眼睛,
他们沿着陡峭的笔朝下飞奔,

围住母鹿，举起猎枪瞄准。

他们忘记了这不是真实的生活，
而是另一种黑字白纸的世界，
统辖这里的是别的法则。
我能让一瞬间维持尽可能长的时间，
还可以让飞行的子弹突然停住，
把子弹的飞行分割成许多小小的永恒。
如果我坚持，这里的一切都将永远不变，
没有我的意志，一片树叶也不会飘落，
一根草茎也不会在鹿蹄下弯曲。

那么，是否有这样的世界，
我能随心所欲地安排它的命运？
我能否用字母的链环锁住我们的时间？
是否真有一种永远听从我的存在？

写作的愉快
可以流传千古，
为凡人的手复仇。

终于记起来了

我苦苦追寻的记忆终于回来了，
母亲找到了我，父亲也见到了我，
我梦见给了他们桌子和两把椅子。
他们坐下了，重又和我在一起，
他们为我而复活。他们的脸
在黄昏时刻像两盏灯
照得就像伦勃朗[①]的画中人一样。

直到现在我才能说出，
他们曾在多少梦里、多少人群中流浪。
我从车轮下面救出他们，
在多少次死亡的痛苦中，
有多少次从我的手中飞走。
梦突然中断——但又会扭曲着长出来，
荒诞不经迫使他们戴上了假面具。

---

① 伦勃朗(1606—1669)，荷兰画家。

如果他们在我心中受到了伤害，
那么除了我之外，他们就不再受到伤害了。
我梦见一群坏蛋听见我在喊妈妈，
向着树枝上跳跃尖叫的东西，
还笑我父亲头上戴着一根绿带。
我因羞愧而醒来。

啊，某个普通的夜晚
终于来临。
那是在乏味的星期五和星期六之间，
我想见的那些人突然来到。
他们梦见自己已摆脱梦的束缚，
他们已不再听从别人而能自由支配。
画的背景已失去所有的可能性，
偶然性也缺少应有的形状。
只有他们才显示出美丽，
因为他们是那样的相似。
他们出现在我面前很久、很久，
而且又是那样的幸福。

我醒了，我睁开眼睛，
我触摸这个世界就像触摸
一个雕刻精美的相框。

风景画

在老画师的风景画中，
树根长在油彩的下面，
小路定能通到目的地，
草茎严肃地取代了签名，
现在正是确凿无疑的五点钟，
五月已被轻柔而坚决地扣住，
于是我也站住了，啊，是的，我亲爱的，
我就是那个站在梣树下的女人。

你看，我已经和你相隔有多远，
看看我戴的白帽，穿的黄裙，
看看我紧握篮子，以免从画中滑落，
看我在别人的命运中如何打扮自己，
在活动的秘密中停下休息。

尽管你大声呼叫我也听不见，
即使我听见了也不会转过身来，

即使我做了这个不可能的动作，
你的脸孔依然会让我感到陌生。

我知道六英里远近的世界，
我知道医治百病的草药和符咒。
上帝还在看我头上的一束发辫，
我也在祈祷不要让我突然死去。

战争是惩罚，和平是奖赏。
羞愧难堪的梦出自恶魔。
我有真实的灵魂犹如李子有核。

我不知道心灵的游戏，
我不知道孩子的父亲赤身裸体，
我不会去指责歌中之歌，
手稿是那么乱，那么脏，
我想说的话都已把字句准备好，
我不会绝望，因为绝望和我无关，
只不过是委托我严加保管。

尽管你想挡住我的路，
尽管你盯着我的双眼，
脸上有一条细如发丝的皱纹。

右边是我的家，我对周围了如指掌，
还有它的楼梯和通向中心的大门，

那里曾发生过许多未曾描绘的故事。
一只猫跳上了椅子，
阳光照射在铅壶上，
桌旁坐着一个骨瘦如柴的男人，
正在修理他的钟表。

相　册

这个家庭里没有人死于爱情，
那里普普通通，没有神话可言。
一个是患肺病的罗密欧？
一个是患白喉的朱丽叶？
有些人甚至活到老态龙钟，
没有人因为一封浸满泪水的信
得不到回音而牺牲！
每到最后，邻居们总是
带着玫瑰和夹鼻眼镜出现。
而当情妇的丈夫突然归来，
谁也没有被勒死在典雅的柜子中！
即使这些紧腹带、围巾和褶裙，
也不妨碍他们任何人去照相，
心里从未想过地狱里的博斯！
也从未有人拿着手枪跑进果园！
（他们因头颅中弹而死，那是另有原因，
并且是死在战场的担架上）

就连那个有着迷人的圆发髻
和舞会后眼睛发黑的女人，
也是由于大出血才离开了尘寰，
决非由于悲伤和你这个舞伴。
也许有人在使用达盖尔银版法拍照之前，
不过在相册里的那些人，据我所知，
还没有一个人死于爱情。
悲伤烟消云散，岁月飞驰而去，
令人欣慰的是他们都死于感冒。

微　笑

我当然认识她
——我也曾是个姑娘。
我有她的几张相片，
来自她短暂的一生。
我对她写的几首诗
表示过善意的怜悯。
我还记得几件事情。

但是，
为使这个和我在一起的男人
能开怀大笑，将我拥抱。
我只想讲讲这样一个小故事：
关于这个年少的丑小鸭
情窦初开的爱情。

我想讲一讲
她爱上了一个大学生，

她只是希望
他能看她一眼。

我想讲一讲
她如何去迎接他，
在她好端端的头上缠着绷带，
唉，她只是想让他问一声：
你出了什么事情？

有趣的小姑娘，
她怎能知道，
连绝望也会带来益处，
如果美好的机遇
能让她活得更长。

我很想让她自己去买食品，
我想让她去看电影，
去吧，我没有时间。

你不是也看见
灯光已经熄灭，
你也该懂得
大门已经关闭，
不必去扭动门把手——
那个开怀大笑的人，
那个拥抱我的人，

并不是你的那个大学生。

你从哪里来，
最好回到哪里去。
我和你并无瓜葛，
只是个普通的女人。
仅仅知道，
什么时候
去揭穿别人的秘密。

不要这样望着我们，
你的那双眼睛，
瞪得滚圆的
像死人的一样。

火车站

我没有到达 N 城，
按照我原先的安排。
一封未寄出的信，
向你发出了预告。

你也没有前往车站，
在那约定的时刻。

火车停在第三站台上，
众多的乘客纷纷下车。

在走向出口的熙熙攘攘人群中，
并没有我这个人。

有几个匆匆忙忙的女人，
代替了我在
人流中的位置。

我不认识的一个汉子，
急忙奔向其中的一个女人，
那女人也立即认出了
她的这位男人。

他们热烈地交换了
不是我们那样的亲吻。
就在这时候丢失了一只不属于
我的箱子。

N 城的火车站，
经受住了
客观存在的考验。

整座火车站屹立在原地上，
而一列列火车却在
指定的轨道上飞奔。

就连那对男女的会见，
也发生在预先的安排之中。

却超出了
我们存在的范围。

出现在可能存在的
失乐园中。

不在这里，
不在这里。
多么动听的话语！

活着的

我们不过是在拥抱，
我们拥抱的是个活体。
只有心的跳动，
才在体内生存。

为了沮丧的黑蜘蛛，
我们雌性的同类，
她没有被吞噬。

我们允许她的脑袋
千百年来都受到垂爱，
倚靠在我们的肩膀上。

由于千百种非常混乱的原因，
我们都按照习惯，
去倾听她的呼吸。

置宗教神秘剧于不顾，
从罪恶中解除武装，
从女性威胁中脱身。

有时只有指甲
在发亮、抓痒、缩起。

他们是否知道，
或许也能猜到，
其财产只有最后一块银子？

她早已忘记
在我们之前逃走。
她不知道什么是
肩上的多眼怪物。

她的外貌
像是刚刚出生的婴儿。
但她完全源自于我们，
整个都是属于我们。

在她的脸上
是睫毛祈求的阴影，
在肩胛骨中间
是流下的汗水。

我们现在就是这般模样，
也是进入梦乡的样子。
满怀信念，
在已逾期的死神的拥抱中。

出　生

原来这瘦小的女人
就是他的母亲，
一个灰眼睛的创造者。

一条多年前他
驶向对岸的船。

他就是从她那里
来到了世上，
成了普通人。

她就是那个男人的母亲，
我曾和她一起跃过大火。
原来这就是她，
惟一不把他看成是
现成的、完整的
而选择了他的人。

她亲自抓住了他，
抓着我所熟悉的皮肤，
再把他安置在
那躲避着我的骨头上。

只有她辨认出了
他那灰色的眼睛，
他就是用这灰眼睛来望着我。

原来这就是她。他的第一个字母，
为什么他要把她拿给我看？

他出生了。
原来他也是胎生的，
像所有的人一样，
也会像我一样死去。

一个真正女人的儿子，
一个出自身体深处的新来者，
一个朝最后终点
走去的旅人。

他担心自己缺席，
这缺席来自
任何地方，
任何时候。

而他的脑袋，
是个碰击墙的脑袋，
但这墙到了时候才会倒塌。

而他的举止行为
是对普通法令的违背。

我明白，
他已走过一半路程。

但他没有把这事告诉我，
他没有。

这是我母亲，
他只对我说了这一声。

人口普查

在特洛伊屹立的山丘上，
挖掘出七座城市。
七座城市。为了一部史诗，
即使六座也已太多。
拿这些城市怎么办？怎么办？
六脚韵诗胀裂了，
从裂缝中露出了非情节的砖。
墙体在无声电影的寂静中倒塌，
变成焦炭的木板，挣脱的锁链，
水罐已喝得底朝天了，
多产的护身符，果园的种子，
还有可触摸的颅骨犹如皎洁的月亮。

我们经历了漫长的古老岁月，
一直都是那样的熙熙攘攘。
野蛮的居民在历史征途上推挤，
刀光剑影、血肉横飞的军团作战，

赫克托的其余兄弟同样勇猛，
成千上万张形态不同的脸孔。
在时间上每张脸既是最初又是最后的，
而且每张脸都有一双独一无二的眼睛，
如此的轻盈，如此的悲伤，
如此的超脱，都无人知晓。

如何对待他们，为他们提供什么？
迄今为止哪个世纪的人口最少？
只是对金银工艺技术的一般承认？
末日审判的确已经太晚，
我们是三十亿的法官，
都有自己的事情。
这是不善言辞的平民、
车站、运动场和游行队伍，
还有许多街道、楼房和墙壁。
我们在百货商场走过了永恒，
还买了一个新的水罐。
荷马在统计局里工作，
但谁都不知道他在家里干什么。

卡珊德拉[1]的独白

这是我，卡珊德拉，
这是躺在灰烬中的城市，
这是我用来预言的手杖和丝带，
这是我充满怀疑的脑袋。

这是真的，我获得了胜利，
我的公正有如火光直冲天际。
只有无人会相信的预言家们
才会看到这样的情景。
只有那些做事马虎的人
才会把一切完成得这样快捷，
仿佛这些事物和他们无关。

如今我还清楚地记得，
人们一看见我便沉默不语。

---

① 卡珊德拉是古希腊神话中的女预言者，特洛伊王普里阿摩斯和赫卡柏之女。

停止窃笑，
松开双手。
孩子朝母亲跑去，
我甚至不记得他们常变的名字。
还有那首有关绿叶的歌曲——
谁都没有在我跟前将它唱完。

我曾爱过他们，
但我的爱出自高处，
超越于生活之上。
是从未来的角度，那儿永远是虚无，
但是那里能更容易地看见死神。
我抱歉，我的声音太生硬。
你们就从星星上看看自己吧——我喊道——
你们就从星星上看看自己，
他们听见了，低下了眼睛。

他们在生命中生活，
受到大风的鼓胀，
他们是命中注定。
从刚出世就生活在离别的躯体中，
但他们身上有着某种潮湿的希望。
那是摇曳不定的火光，
他们知道一瞬间意味着什么，
即使是那么一瞬间，
在此之前——

我已经说过
从这里得不出任何结果。
这是我的被火烧毁的衣衫，
这是我的预言家的用品，
这是我的被扭曲的脸孔，
它不知道自己还会变得更俊俏。

一件拜占庭的镶嵌工艺品

——特奥特罗庇亚夫人。

——特奥顿德罗陛下。

——啊，你美如天仙，我的小俊脸。

——啊，你多么英俊，我的紫嘴唇。

你的身材多么姣美，
犹如披上衣裙的花瓶，
只要把衣裙脱去，
就会引起整个帝国的轰动。

你是多么忧心忡忡，
我的丈夫，我的主人，
我的身影依附着你的身影。

我非常喜欢抚摸
我夫人的纤纤手掌。
就像抚弄外袍上
被镶嵌的棕榈枝。

——但是，我多么想飞升天空，
以祈求苍天对我们儿子的怜悯，
因为他不像我们，啊，特奥顿德罗。

这样的灵魂，特奥特罗庇亚，
怎么能出生
在我们这样
高贵的宫廷？
你听着，我承认
我给你生了个罪人。
他像小猪一样光溜，
长得又胖又调皮，
全身都皱皱巴巴，
终日围绕着我们。

——他两腮丰满吗？

——丰满。

——他贪吃吗？

——贪吃。

——他喝带奶的血吗?

——那是你说的。

修士大祭司有什么主意,
这位精通神学的大伟人?
遁世者又有什么办法,
这个神圣的骷髅?
你们能否从丝绸中,
解脱这个小精灵?

一切都靠神的力量,
当他看到
这孩子的畸形,
变形的奇迹便会发生。
你不要大叫大喊,
难道你不怕他过早地惊醒?

我们是生活在悲惧中的一对,
你前头走吧,特奥特罗庇亚。

砍　头

短领衣来自德科罗，
德科罗的意思就是砍头。
苏格兰王后玛丽·斯图亚特，
她穿着合身的衬衫来到断头台，
那衬衫露肩袒胸，
红得有如鲜血染成。

就在同一时间，
在一间远离人群的房间里，
英国女王伊丽莎白·都铎，
身穿白衣，站在窗前，
她得意地将衣领在颌下扣紧，
顶边上是浆过的高领。

她们一起在想：
“上帝怜悯我吧！”
“公正在我这边！”

“活着就是欺骗。”
“在一定条件下，猫头鹰是面包师的女儿。”
“这件事永远不会结束！”
“这件事已经完结。”
“我在这里干什么，
这里什么也没有！”

衣服的差别——啊，是的，
对此我们深信无疑。
至于细节，
那是永不改变的。

圣母抱婴图

在英雄出生的小城，
我们参观纪念碑，赞美它的雄伟，
惊跑了空荡的博物馆门前的两只母鸡，
找到了那位母亲居住的地方，
敲敲门，推开了嘎吱响的房门，
她身板挺直，头发光溜，目光炯炯。
我们对她说，我们来自波兰，
向她问候，大声而清楚地对她提问。
是的，她非常爱他；是的，他总是那样；
是的，那时她正站在监狱的墙外；
是的，她听见了枪声。
后悔没有带录音机
和摄像机，是的，她知道这些玩意儿。
她曾在广播时朗读过他最后的一封信，
也曾在电视上唱过古老的摇篮曲。
有一次她甚至还在电影院演出过，
面对着强弧光灯，她流了眼泪。

是的，回忆使她心情激动。
是的，她有些疲劳；是的，这会过去的。
我们站起身来，说声感谢，告别再见，走向门外，
在过厅里和另一群游客擦身而过。

无　辜

起始于用人的头发做毯子，
格尔达，艾里卡，也许还有玛格利达。
她不知道，她真的对此一无所知。
这样一类的消息，
既不向外传，也不会接受。
希腊的复仇女神过于公正，
她们的那种肤浅的夸大，
今天也许会激怒我们。

伊尔马，布里吉塔，
也许还有弗雷德里克，
年纪二十二岁或者稍大一些，
他会出外旅行所需的三种外语。
他工作的公司派他出去推销，
用人造纤维织成的高级毛毯，
贸易能让各国人民接近。

贝尔达，乌尔里卡，
也许还有希德加塔，
她不漂亮，但高大苗条，
她的脸、颈、胸部和臀部
都非常丰满而又青春焕发。
赤着脚，欢快地走在欧洲的沙滩上，
披散着金色的头发，长至膝盖。
我不建议你剪掉——理发师对她说——
剪掉一次，就再也不会长得这样又密又长。
请你相信我，
这是经过检验的事情，
成千上万次[①]。

① 原文为德文。

越　南

女人，你姓什么？——我不知道。
你生于何时，来自何地？——我不知道。
你为何要给自己挖个地洞？——我不知道。
你一直都藏在这里？——我不知道。
你为什么咬我的手指？——我不知道。
难道你不知道我们并不想伤害你？——我不知道。
你站在哪一边？——我不知道。
现在是战争，你必须作出选择——我不知道。
你的村庄还存在吗？——我不知道。
这些孩子是你的吗？——是的！

写于旅馆

京都很幸运，
宫殿也幸运。
飞檐的屋顶，
阶梯通上下，
古老又迷人，
呆板又生动，
均是木构成，
有如从天庭
落到了地上。
京都是座美丽城，
美得令人热泪盈眶。

这是一位先生
流下的真实的泪水，
他是个文物古迹的
专家和爱好者。
他在决定性时刻，

在绿色桌子旁
大声疾呼。
不是有许多更差的城市吗?
于是他在自己的座位上,
突然放声大哭。

京都就这样得救了,
它要比广岛更华丽,
但这已是过去的历史。
我不能老是想到它,
也不能老是去询问:
以后怎么样,以后怎么样?

我每天都相信永恒,
相信历史的前景。
我不善于在不断的威胁中
去啃吃苹果。

我听说,这个或那个普罗米修斯,
戴着救火员的头盔走来走去,
为自己的子孙感到欣慰。

我在写这些诗句时
就在不停地考虑:
他们的情况如何——
过了这么多年

他们还是那么可笑。

有时只有恐惧
将我围绕，
在旅途中，
在陌生的城市。

墙是砖砌成的普通的墙，
塔是古老的塔，
那飞檐下面的灰泥也早已脱落，
新住宅区的居民小屋也已倒塌。
什么也没有，
只有一棵无助的小树。

这位敏感的先生，
这位专家和爱好者，
他在这里做什么？

他在为石膏神像而惋惜，
为工厂制造的古典胸像
唉声叹气。

现在只是偶尔来到这座城市，
它和其他城市都是一模一样。
住在旅馆的单人房间里，
面对着排水管的景观，

还听见星空下的一只猫
发出婴儿般的哭叫声。

在这座人口众多的城市，
人多得胜过茶壶上、瓷碗上、
盘碟上和屏风上的人像。

对于这座城市，
我只知道这么一点：
就是它不是京都，
绝对不会是京都。

六十年代电影

这是个成年男人，是个住在地球上的人。
有一百亿个神经细胞，
有三百克的心和五公升血，
这样的主体产生于三十亿年前。

最初他以小孩的形象出现，
这小孩把脑袋靠在他姑妈的膝上。
小孩在哪里？膝盖又在何方？
小孩长大了，和原先大不一样。
这些镜子像跑道一样可怕而光滑。
昨天他越猫而过，是的，这主意不错，
这猫已从这个时代的地狱中解放出来。
轿车中的姑娘皱着眉头看了一眼，
不，她没有他想要的膝盖，
而他正躺在沙滩上轻轻呼吸。
他和这个世界毫无共同之处。
他用取下的陶罐耳朵来感觉，

尽管陶罐什么也不知道，
还一直盛着水。这令人深思。
有人依然在辛勤工作，
这房子已建好，这是雕刻过的门把，
这是一棵嫁接的树，马戏团在演出。
他想把这个整体保持完整，
尽管它是由一块块物体拼成。
为人类痛苦而流下的眼泪
像胶水那样又沉又浓。
但这一切都发生在背景上及其两旁，
里面是可怖的黑暗，小孩就在那黑暗中。

幽默之神啊，你必须要为他做点事情。
幽默之神啊，你终于要为他做点事了。

来自医院的报告

我们抽签，决定谁去看他。
我正好抽着，便从桌旁站起，
医院里的探视时间快要到了。

他对我的问候不置一词，
我想握他的手，他把手缩回，
就像一只饿狗咬着骨头不放。

他的神态像是羞于死亡，
我不知道该如何同他交谈，
我们的眼神像影片剪辑一样闪过。

他没叫我坐下，也不要我离开，
也没问我们这些人的情况，
没有问起你，博莱克。也没有问起你，
托莱克。还有你，罗列克，也没有问起。

我感到头痛，到底谁先死还不一定。
我赞美医药和瓶里插的三朵紫罗兰，
我向他谈起了太阳和太阳的西沉。

多么好啊，有阶梯可以跑走，
多么好啊，有敞开着的大门，
多么好啊，你们还在桌旁等我。

医院的气味直把我熏得作呕。

群鸟回飞

这个春天，群鸟又过早地飞回来了，
高兴啊，理智，本能也会犯错误。
快停下，一不小心——就会掉进雪中，
它们死得可惜，死得有负于它们
天生的喉咙和构造完美的爪子，
精细的软骨和细腻娇弱的外皮，
心脏的网络和迷宫般的内脏，
还有像纵向炮火似的肋骨和脊椎，
以及值得在工艺品博物馆
开设专门展台的羽毛，
连同具有牧师耐心的喙。

这不是悲泣，这只是愤怒，
它们是真正蛋白质的天使，
是具有美妙歌声和腺体的风筝。
在空中，只有一个，手边却数不清，
网状的血管连接成一个

时间和空间的共同体，
有如色彩斑斓的翅膀的古典艺术品——
落下，躺在大石的旁边。
以其古老而简朴的方式，
望着生活就像望着被否定的尝试。

托马斯·曼

亲爱的美人鱼，必定是这样，
亲爱的农牧神和尊敬的天使，
进化已坚决地把你们抛弃了。
这并非缺乏想象，而是因为
你们的泥盆纪的尾鳍和淤积的胸脯，
你们长有指头的手和分趾的脚掌，
你们的双肩也不能代替翅膀，
你们的——想起来可怕——双重的骨骼，
还有你们的不合时宜的尾巴
和因固执而伸出来的尖角，
古怪的鸟嘴，这些变形的杂种，
这些拼合板，这些诗句的对韵，
把人与白鹭装扮得那样华丽，
能飞、能预知一切而又永生不死。
——你们自己也承认，这是玩笑，
是永远的过度，是无穷的麻烦，
而大自然不想也不会有这样的麻烦。

的确，不允许某些鱼类会飞，
以其挑衅性的技能。每次飞升
照理都很快乐，这是出自
普遍必然的照顾，这是比必然
更为丰富的礼物，以便让
世界成为世界。

不错，这会达到一种豪华的场面，
如同鸭嘴兽给幼崽喂奶。
大自然也许会反对——我们之中谁会发现
自己已被抢劫？

最好不过是
哺乳动物出现的那一刻，
他的手上突然握着一支鹅毛笔。

眼镜猴

我是眼镜猴，眼镜猴的儿子，
眼镜猴的孙子和曾孙。
我是小动物，由两个大眼睛
和其他必不可少的部件组成，
在加工过程中奇迹般地得救，
因为我不能做出任何的佳肴，
用作衣领则有更大动物的皮毛，
我的腺体也不能给人提供幸福，
没有我的肠子，音乐会照样举行。
我，一只眼镜猴
蹲在人的手指上活泼可爱。

早安，尊敬的阁下，
你无需拿走我的任何东西，
但你应送给我什么？
你用什么来嘉奖我以显示你的慷慨？
你怎样来估价我这个无价之宝，

为了得到你的微笑而弄姿作态？

伟大而又善良的先生——
伟大而又仁慈的先生——
如果没有小动物的死亡，
谁又能对此加以证实？
也许你们自己能够证明？
但是你们对自己的了解
足够你们度过一个星星起落的无眠之夜。

只有我们这些珍稀的动物，
才没有剥去皮、剁去骨、拔去毛，
我们的刺、鳞、角和獠牙，
以及那些由实用的蛋白
所产生的物质才受到尊重。
我们是——伟大的先生——你的梦，
能让你暂时摆脱罪行。

我是眼镜猴，眼镜猴的父亲和祖父，
一个小动物，几乎只是别的动物一半，
然而作为动物并不比别的动物逊色。
我很轻灵，小小树枝就能把我托起，
也许我早已进入天庭，
如果不是因为
我那颗敏感的心，

一次次地感到沉重。
我是眼镜猴，
我知道成为眼镜猴是多么重要。

星期天对心说

感谢你，我的心，
既不缓慢，也不急速，
既无赞扬，也无褒奖，
出于天生的勤奋。

你每分钟有七十次奉献，
你的每一次跳动，
就像把一只小船
一步步推入海中，
踏上环绕世界的征程。

感谢你，我的心，
一次又一次
把我从整体中拉了出来，
甚至在睡梦中。

我关心我不会在梦中飞走，

飞走，
这样的飞走不需要翅膀。

感谢你，我的心，
我重又醒了。
尽管今天是星期天，
是休息的日子，
但是你在我的胸中，
依然和休息日前一样跳动。

杂技演员

从一个高空秋千荡到
另一个，鼓声擂响，
擂响，戛然鼓停，
鼓停，一片静寂，跨越，
跨越惊险的高空。比体重，
比体重更轻灵，此时的身体，
身体还来不及坠落。

独自一人，或比一个人更少，
更少，因为残缺，因为他缺少，
缺少翅膀，他是如此艰难地缺少，
缺少，迫使他穷迫地飞翔，
没有双翼，赤裸裸的，
只能集中全部精力。

费劲的轻巧，
坚忍的灵敏，

精细的感悟。你看他
猛地窜入空中，你知道
他从头到脚都是戏，
你看他如何狡猾地
变换着原先的姿势，
将这个摇晃的世界紧握在手中，
把自己身上新生的双臂伸开。

超乎一切的美，就在这一瞬间，
就在刚刚逝去的那一瞬间。

旧石器时代的生殖崇拜

伟大的母亲没有面孔，
伟大的母亲要面孔有什么用，
面孔不能真实地归属于躯体，
面孔讨厌躯体，不是神的面孔。
破坏了那神圣的整体性。
伟大母亲的形象就是挺个大肚子，
肚子中间是个瞎了的肚脐眼。

伟大的母亲没有脚掌，
伟大母亲要脚掌干什么。
她是想到各处去转转，
她到世界各地去干什么。
她想去的地方都去过了，
守护着工作室，皮肤绷紧。

这是世界吗？那很不错。
它很丰裕吗？那就更好。

孩子们要跑到什么地方去，
他们为何要抬头？真美，
至于这个世界，
当人们熟睡时它也存在，
它是否整个都被夸大了？
是不是永远，连背后都有？
从他这方面来说很多、特多。

伟大的母亲刚刚好有两只小手，
两只慵懒地交叉在胸上的纤手。
她给孩子们以生命，
她向生命祝福！
双手的唯一任务
就是在天地之间，
无论遇到任何情况，
都要坚持下去。
这种情况从未发生，
内容上的曲线，
就是装饰的滑稽可笑。

洞　穴

墙上什么也没有，
只有散发的潮气，
这里又黑又冷。

但黑暗和寒冷
是在火熄灭之后。
空无一物——除了一头
用赭色绘成的野牛。

空无一物——不过是
一种过时的长期反抗之后
俯首屈从的虚无。
因而是一种“美丽的虚无”，
值得用大写的字母。
反对日常生活空虚的异端邪说，
冥顽不化而又傲慢。

空无一物，只有我们，
以前曾来过这里，
吃着自己的心，
喝着自己的血。

空无一物。只有一种
我们没有跳过的舞蹈。
首先受到火光的照耀
是你的大腿、双手、肩膀和脸颊，
我那神圣的肚子
第一次被小小的压力填满。
寂静——是在声音之后，
它不属于迟滞的寂静系列，
而是一种以前拥有的喉咙、
笛子和鼓的寂静，
与嚎叫和微笑融合在一起，
像一棵被嫁接的树。

寂静——然而是在
被眼睑增强了的黑暗中。
黑暗——却是在一种
刺骨刮肤的寒冷中。
而寒冷——却是一种死亡般的寒冷。

也许这些发生在地球上？

或许发生在天上，在第七重天上？

你的头脑已摆脱空无，
你多么想知道。

动　作

你在这里哭泣，他们在那边狂舞。
在你的眼泪中狂舞。
在那边尽情地狂欢滥饮，
他们对什么都不知道。
只有镜子在闪闪发亮，
只有燃烧发光的蜡烛，
只有阶梯和走廊，
像是套袖，像是手势。
这个氢氧化合的花花公子，
这些氯与钠的化合物，
还有那个纨绔子弟氮气的浪荡鬼。
他们都在圆顶下面，
欢歌狂舞，旋转不停。
你在这里哭泣，是在为他们伴奏，
这是一首小夜曲[①]。
你是谁，你这戴面具的美人？

① 原文为德文。

一百种乐趣

他想要幸福，
他想要真理，
他想要永恒，
你们就观其行吧！

他刚刚能分清梦境和现实，
也仅能分辨出他就是他，
刚刚用他一只像鳍似的手
做成一块燧石和一枚火箭，
很轻易淹死在一勺的海水中，
要嘲笑空虚，反而显得不可笑。
他只能用眼睛观看，
他只能用耳朵倾听，
他说话创造的记录是有条件的：
就是用论据去反驳论据。
总之一句话，他是个无名之辈，
但他满脑子都是自由、存在和全知，

在他的愚蠢的肉体之外。
你们就观其行吧！

因为他似乎真的存在，
但他实际出现在
一颗偏远省份的星宿之下。
他有自己的特色：生气勃勃，精力旺盛。
考虑到他是个劣质晶体的产物——
他自己装出一副惊奇的严肃神态。
考虑到他在兽群中度过的艰辛童年——
他现在出落得像个人样。
你们就观其行吧！

只要这样做下去，哪怕是再干一会儿，
哪怕再干小星星眨眼的一瞬间！
就能让我们大致猜想到，
他会成为什么人，既然他现在已是这样。
而且他是这样——固执，
非常的固执，这是不容否定的。
他鼻孔带着环，身着长袍和圆领毛衣。
一百种乐趣，无论如何，
上帝保佑，
他是个真正的人。

任何情况

（1972）

自体分割

——纪念海利娜·波希维亚托夫斯卡[①]

海参遇到危险就把自己分为两段，
一半投降，让世界吞噬，
另一半则用来逃匿。

它骤然裂开，分裂成毁灭和得救，
惩罚与奖赏，分裂成过去和未来。

海参从躯体中间裂开一道深渊，
深渊两边立刻成了互不相识。

一边是死，一边是生，
这边是绝望，那边是希望。

① 海利娜·波希维亚托夫斯卡（1935—1967），波兰当代女诗人，以写爱情抒情诗著称。

如果有天平，两端一样平，
如果有正义，就在平衡中。

只死去必要的部分，它从不过分，
再长出必要的部分，从得救的余体中。

我们也能分裂自己，啊，真的，我们也会。
但只能分裂成肉体和一句中断了的悄语，
分裂成肉体和诗歌。

一边是喉咙，另一边是笑声，

笑声轻柔，很快就消失了。

这边是沉重的心，那边不是完全死亡[①]，
三个小小的词犹如三根飘飞的羽毛。

鸿沟没有把我们分割为二，
只是包围着我们。

---

① 加点的词原文是拉丁文。

错　事

画廊办公室里的电话铃响了，
午夜铃声响彻整个空荡的大厅。
假如画廊有人，会被立即惊醒，
但这里只有一些失眠的先知们。
和被月光照得苍白的国王们，
凝神静思去看他们全都一个样。
只有爱动的高利贷者的妻子，
正专注着壁炉上面这个会响的物体。
但她并不像那些着迷者，
也没有把自己的扇子搁下。
而那些高雅的缺席者，
身着外袍或者赤裸着身体，
不由自主地被这深夜的铃声惊醒。
在这铃声中，我发誓，
即使宫廷元帅本人走出镜框，
也比不上这里的黑色幽默。
（除了寂静，他的耳朵什么也听不见）

可是在城里的另一端，
某个家伙长时间地
把听筒靠在自己的耳边，
是拨错了号码？
只要人活着，就会做错事。

恐龙骨架

亲爱的兄弟们：
我们在这里见到了一个比例失调的例子，
一副恐龙的骨架矗立在我们面前。

亲爱的朋友们：
左边，尾巴伸到一个永恒，
右边，颈脖伸到另一个永恒。

尊敬的同志们：
庞然无比的躯体把四条腿
插进一堆烂泥中——

仁慈的公民们：
大自然不会犯错，但爱开玩笑，
请你们注意这个滑稽可笑的小脑袋——

女士们，先生们，

这样的脑袋无法预见任何事情，
因而它的拥有者已经灭绝——

德高望重的来宾们：
脑袋太小，胃口太大，
只会傻乎乎睡大觉，
不知道聪明的担忧。

尊敬的客人们：
在这方面我们的形体更完美，
生命是美好的，大地属于我们——

尊敬的代表们：
星空在思考的芦苇之上，
道德法则在它内部——

可敬的委员会：
成功只有一次机会，
也许就在同一个太阳下——

最高委员会：
多么灵巧的双手，
多么雄辩的嘴，
肩上是多么出色的头脑——

至高无上的法官：
代替尾巴的
是多么重要的责任——

任何情况

事情可能会发生，
事情一定会发生，
事情发生得迟或早一些，
远一些或近一些，
但不会发生在你身上。

你得救因为你是第一个，
你得救因为你是最后一个，
因为你是独自一人，
因为那里有许多人，
因为向左，因为向右，
因为下雨，因为阴影，
因为天气好，阳光普照。

幸好那里有森林，
幸好那里没有树。
幸好有铁轨、钩子、枕木和制动闸，

一个壁坑、一条曲线、一毫米和一秒钟，
幸好水面上漂浮着一块刮脸刀片。

结果，因为，不过，尽管，
只有一只手、一条腿，那会怎么样？
只要相差一步，只要千钧一发，
就能逃过种种险恶的处境。

原来是你？刚脱离危急的时刻？
那张网上有个小孔，
你就是穿过网孔来的？
我对此不能不感到惊奇，
也无法沉默不语。
请你听着，
你的心在向我跳得多快啊。

惊　奇

为什么全都在一个人身上？
为什么是这人而非别人？我为何在此？
是在星期二这天？在屋里而不是在小巢中？
身披皮毛而非鳞片？长着一张脸而非一片树叶？
为什么我这个人只存在一次？
正好是在地球上？在这颗小星星下面？
在我缺席了那么多个世纪？
经历了那样多的沧海桑田和生长繁殖？
所有那些甲壳动物？所有那些星座？
恰好是现在？又是如此彻底？
独自一人在家？为什么不是
住在隔壁或者相距百里之外？
不是在昨天，也不是在一百年以前。
我坐在这里，望着黑暗的角落。
——正像我突然抬起了额头，
盯着那被称为狗的狂吠乱叫。

完　美

“——你是完美的，那么，我们的船已经抵达
波希米亚的沙漠？哎，我的主。”
这是莎士比亚的话，对此我深信无疑，
绝不会是别人的话。一些事实，一个日期，
一幅酷似当代的肖像……觉得这还不够吗？
等待证据，它已被大海攫取上来，
并被扔到了这个世界的波希米亚海滩？

从天而降

魔法消失了，尽管它过去
和现在都有莫大的法力。
八月之夜，你不知道
是流星陨落，还是其他物体。
你不知道那正是应该掉落的东西。
你不知道，该不该停止娱乐。
要算命吗？是从星星的误会中？
仿佛这个世纪不是二十世纪？
它的光芒照耀你：我是火花，火花，
真的是彗星尾巴的火花，
只不过是缓缓消失的火花——
不是我掉落在明天的报纸上，
而是旁边的另一束火花，
它的发动机有缺陷。

剧院印象

对我说来悲剧的第六幕最重要：
那是死者从舞台的战场上复活，
整理好假发和长袍，
从胸膛里拔出尖刀，
从脖子上解下绞索，
与活人排成一行，
面对着观众。

单独鞠躬，集体鞠躬，
把洁白的手按在心口伤处。
女自杀者优雅地屈膝行礼，
被砍下的脑袋频频点头致意。

成双成对的鞠躬，
狂暴把臂膀伸给了温顺，
牺牲者愉快地望着刽子手的眼睛，
起义者站在暴君旁边无怨无恨。

用金鞋尖践踏着永恒，
用帽檐挥去道德准则，
积习难改，明天又重新开始。

那些在第三幕、第四幕
以及在各幕中间早已死去的人
重又列队上场。
音信全无的失踪者奇迹般地回来。

一想到他们在后台的耐心等待，
没有脱去剧装，
没有洗去化妆，
要比悲剧的激越诗句
更使我感动。

真正令人振奋的是帷幕降下，
以及它后面发生的种种景象：
这边一只手匆忙接过鲜花，
那边另一只手拾起地上的短剑，
而此时看不见的第三只手，
正在执行自己的使命：
一下扼住我的喉咙。

声　音

你的脚刚移动，便从地下出现了
土著居民，马库斯·埃米西斯。

你的脚跟陷入了鲁图利人的泥沼中，
你陷进萨宾人[①]和拉丁人的污泥中，直到膝盖。
你一直陷到腰部，陷到脖子，陷到鼻子里，
陷进了易魁亚人和沃尔西人的泥潭中，
啊，卢西乌斯·法比尤斯。

这些小小的民族真叫人厌烦，
叫人腻味和恶心，啊，昆特斯·德西乌斯。

一座城，又一座城，一百七十座城，
费旦耐特人的顽固，法利斯坎人的敌意，
艾舍特朗人的盲目，安特纳特人的犹豫，

---

① 古意大利一部落，公元前3世纪被罗马人征服。

拉比康人和佩利格尼人的深沉仇恨，
都促使我们这些温和的人变得粗野暴戾。
在我们越过每一座新的山头时，
啊，盖尤斯·克鲁埃留斯！

只要他们不挡路，但是他们却挡住了
那些奥勒西亚人和马里西人，
啊，斯帕里尤斯·曼利尤斯。

分散各处的塔尔魁尼人，埃特鲁克人，
还有沃尔西人和大量的微英特人，
不可理喻的奥勒西亚人，萨平尼亚人，
简直使人无法忍受，啊，赛克图斯·奥皮尤斯。

小小的民族，智力也同样低下，
愚昧围住了我们，圈子越来越大。
令人厌恶的习俗，蒙昧的法律，
不灵验的神明，啊，提图斯·维留斯。

漫山遍野的赫尔尼克人，稠密的马里西人，
像昆虫一样多的维斯提亚人和萨姆尼特人，
你越朝前走他们就越多。啊，塞尔维尤斯·福里尤斯。

小小的民族真令我们惋惜痛心，
他们的轻率需要密切注意，
在每条新的河流那边。啊，奥卢斯·朱留斯。

在任何一处地平线上，我都感受到了威胁，
我就是这样看待这个问题。
啊，豪斯蒂厄斯·梅里尤斯。

而我，豪斯蒂厄斯·梅里尤斯
对你的回答是：阿庇尤斯·帕庇尤斯，
前进，世界终归有尽头！

死者的信

我们读着死者的信，犹如束手无策的诸神，
但毕竟是神，因为我们能预知未来的事情。

我们知道什么钱尚未归还，
寡妇们怎样急于再婚和跟谁结婚，
穷人死了，盲目痴迷者死了，
受骗、犯错和笨拙的谨慎。
我们看到他们背后有人在做鬼脸和手势，
我们的耳朵听到撕碎遗嘱的沙沙声。
他们坐在我们的前面，
可笑得就像坐在涂了黄油的小面包上，
要么就是去追赶被风刮走的帽子。
他们品性低劣，拿破仑、蒸汽和电力，
他们给可治愈的疾病以致命的误诊，
他们相信圣约翰所说的愚蠢的劫数，
他们相信让－雅库克的虚假的人间天堂。
我们默默地观看他们在棋盘上的兵卒，

这些棋子只向前移动了三步。
他们预见的一切都适得其反，
或者略有差异，也等于是完全不同。
那些最热心的人以信任的眼神望着我们，
因为他们计算好，
他们会在我们的眼里看到完美。

养老院

雅布旺斯卡感觉一切不错，
似乎公主殿下还在我们中间，
她系着头巾、戴着假发——
天堂里的三个儿子总会有一个来看她。

如果他们能活过这场战争，
我就不会在这里。
我将和一个儿子度过冬天，
和另一个度过夏天。
她不仅这样想，
而且确信一定会这样。

她还向我们点头表示肯定。
她问我们那些没有死去的孩子，
因为她还希望
“第三个儿子会接她去过节。”

她深信他会驾着金色马车来接她，
这马车是由几只白鸽来拉曳，
为了让我们看见
而不会忘记他的爱心。

就连担任看护的马尼亚小姐
有时也发出了微笑。
她的工作就是对我们怜悯，
她有休假和休星期天的权利。

广　告

我是镇静药片，
居家很见成效，
机关也很管用。
我坐着应考，
站着答辩，
我精心修补我的瓦罐。
你只需服用我，
在舌下溶化我，
把我嚼碎，
用水将我吞下。

我知道如何面对不幸，
如何接受噩耗，
如何减少不公正，
弥补上帝的缺陷，
为脸孔挑选丧帽。
你还等什么，

要相信化学的怜悯。

你现在还年青(男或女)，
你应该有所作为。
是谁说过
应该勇敢地面对生活？

快把你的深渊交给我，
我会用梦去把它填平。
你定会对我感激涕零，
用四脚缓缓落地。
把你的灵魂卖给我，
别的商人不会出现。
别的魔鬼已不存在。

并不太多的欢快[1]

你真美——我对生活说——
再也没有比你更丰富多彩了，
比青蛙更青蛙，比夜莺更夜莺了，
再也没有比你更勤奋，更会传宗接代。

我竭力想博得生活的欢心，
融入它那甜蜜的妩媚中。
我总是第一个向它鞠躬致敬，
脸上露出仰慕顺从的表情。

我从左边挡住它的来路，
我从右边挡住它的去路，
我为它着迷得神魂颠倒，
我为它佩服得五体投地。

① 原文为意大利文。

这是什么样的蝗虫，
这是多么美的林中浆果——
如果我不是降生人世，
就永远也不会相信！

我没有找到——我对生活说——
我拿什么来与你比较，
我也无法再找到第二个松果，
无论是更好还是更坏。

我赞美你的富裕和创造力，
我赞美你的豪爽和严谨，
还有——更进一步——
我赞美你的魔法和巫术。

我只是不想去伤害你，
不使你生气，不使你恼怒，
多少个世纪以来，
我就竭力用微笑来奉承你。

我紧拉着生活叶子的边缘，
是停止，还是顺从？
哪怕只有一次，一瞬间，
它要去哪里——已经忘记？

一群人的相片

在这张一群人的相片上，
我的头从边上数来是第七个，
从左边数过去是第四个，
或者从下边数是第二十个。

我不知道哪一个是我的头，
它不是一个，也不是唯一的一个，
它和那些相似的很相似，
分不清是男还是女。

它给我的标志
不具任何意义。

也许时代精灵看它
也不过是匆匆的一眼。

我的头成了统计数字的头，

最平静地最圆球状地
平躺在钢铁和电缆上。

它不会为自己成为任何东西而羞愧，
也不会因为被取代而感到绝望。

就好像我从未拥有过它，
按照它自己的独特方式。

就像是被掘开的坟墓
里面有许多无名的头骨，
保存得相当完好，
尽管它的主人早已死亡。

好像它早就在那里，
我的头，所有人的，别人的。

如果它能回忆起什么，
那一定会在遥远的未来。

教授又散步了

教授先生已死过三回。
第一回死后，他们叫他转动脑袋，
第二回死后，他们叫他坐起来，
第三回死后，他甚至站立起来。
有个粗壮结实的保姆撑扶着他：
现在让我们出去散一会儿步。

一次事故中，脑子受到严重的损伤，
瞧，他能克服种种困难，真是奇迹，
左右，明暗，树草，痛苦，吃喝。

二加二是多少，教授？
是二，教授回答。
这次回答比上次有进步。

痛，草，坐，椅，
又到了小路的尽头，像时光一样古老，

郁郁寡欢、面色苍白，
被赶走了三次，
他们说那保姆是真的。

教授渴望和她在一起，
他又一次离开了我们。

回　家

他回到家里，闷声不吭，
显然他遇上了不顺心的事。
他和衣躺下，
用毯子蒙住头，
还把膝盖缩紧。

他年近四十，但不是此刻。
他活着，就像是在他母亲的胎中，
被七层皮包住，受着黑暗的保护。
明天他将作一次演说，
关于银河系中星际航行的稳定性。
然而现在，他蜷缩一团，睡着了。

发　明

我相信伟大的发明，
我相信完成发明的人，
我相信发明人的惊恐不安。

我相信他的苍白脸色，
他的头昏脑涨和唇边的冷汗。
我相信记事本被烧毁了，
被烧成灰烬，
而且烧得一本不剩。

我相信数据的失散，
而且毫不痛心。

我相信人的紧迫感，
相信他行动的准确性，
以及他坚毅不屈的意志。

我相信牌匾的破碎，
液体的流失，
火光的熄灭。

我确信成功必然到来，
而且不会太久，
事情会发生在没有证人的场合。

我深信谁也不会知道，
无论是妻子还是墙壁，
甚至连一直在鸣啭的小鸟。

我相信不能参与，
我相信黄粱梦的破灭，
我相信多年劳动成果的失去，
我相信被带进坟墓的秘密。

这些词句闪现在我的脑海中，
并不依据任何的范例和规则，
但我的信念坚定、盲目而毫无缘由。

追

我知道，安静在欢迎我，然而，
不是喧哗，不是军号声，不是掌声，然而
也不是恐怖的钟声，也不是恐怖本身。

我甚至没有指望一片枯叶，
更不消谈什么银殿和果园，
以及高尚的老人、公正的法律，
水晶般的智慧。

然而，我明白，我来到月球上
不是寻找戒指和丢失的绶带，
他们早就把这些带在了身边。

他们没有留下什么证据，
只留下垃圾、破布，碎屑、破纸、残渣、
木片、刨花、玻璃块，残余物和废料。

很自然，我只向一块墓碑弯下身去，
但我不知道他们把它挪到了何处，
他们没有给我留下记号，
他们抹掉痕迹的本领真是无法比拟。

多少世纪以来，我就知道
他们善于及时隐蔽的才华。
要抓住他们的角和尾，真是难上加难，
就连飞行时鼓起的衣角也抓不着，
他们的头发也从未掉到我的手上。

到处都有比我本人更狡诈的思想，
要赶上他们总是要差那么一步，
因此我要争先的努力便遭到讥笑。

没有他们这些人，从来没有。然而
我不得不一次次地去重复，
使自己看起来不像个孩子。

有个东西突然从我脚下跳开，
它跳得不远，又被我踩着，
虽然它再次挣脱，
但它一直在沉默。
这影子就是我自己的，
它让我觉得到达了目的。

失物招领处里的一番话

我在从南到北的路上丢失了几位女神，
我在从东到西的路上丢失了许多男神。
两颗星星永远熄灭了，天空塌下。
我把一座岛，两座岛丢失在海洋中，
我甚至不能确定我的脚爪留在了何处，
谁穿着我的毛皮在行走，谁住在我的壳里。
当我爬上陆地时，我的亲属都已死去，
只有我身上的一根小骨头在庆贺周年。
我跳出我的皮，却浪费了我的脊椎和双腿，
我已经一次又一次地失去了我的理智。
我的第三只眼睛早已看不见这一切了，
我摇动着我的鳍，伸了伸我的四肢。

它丢失了，它不在了，它散落在四面的风中，
我对自己感到惊讶，为什么我身上会所剩无几。
一个单独的人，此刻暂时还属于人类，
昨天他在电车上只不过是丢了一把伞。

梦之赞歌

在梦中，
我能像维·封·德福那样挥毫作画。

我能讲一口流利的希腊语，
不单是和活人交谈。

我驾驶一辆小汽车，
它乖乖地听命于我。

我有非凡的才华，
写出了伟大的诗篇。

我能听见上帝的声音，
不亚于那些严肃的圣贤。

我弹起钢琴来技艺高超，
真会让你们惊讶万分！

我自由地翱翔天际，
无拘也无束。

一旦我从屋顶上跌下，
也能轻轻地落在绿茵上。

即使我在水下呼吸，
一点也不感到困难。

我没有什么怨言，
是我发现了阿特兰蒂斯。

我高兴在濒临死亡时，
永远都能及时地醒来。

战争一旦爆发，
我会立即转向正义的一方。

我是——也可以不是——
我们时代的孩子。

还是在几年前，
我看见了两个太阳。

前天，我看见了企鹅，
看得是那样的清晰。

生　日

刹那间，从世界各地送来了众多物品：
有杏子、海鳗、海贝和霞光，
有火、尾巴、鹰和核桃，
我怎样才能把它们摆放整齐？
我要把它们摆放在什么地方？
还有这些灌木、鸟啄、鳊鱼和雨水，
天竺葵和螳螂，我把它们放在哪里？
蝴蝶、大猩猩、绿宝石和颤音，
太感谢了。这实在是太多了，太多了。
用什么罐子能装下这些牛蒡和溪流、
羽扇豆和惊慌、奢侈和麻烦呢？
何处捉到蜂鸟，何处可藏银子？
如何对付这头斑马和野牛？
还有二氧化物，此物很贵重。
这里还有条章鱼、一条蜈蚣！
我想起了价钱，这是一种天价。
我感谢，但我真的觉得我不值这个价钱。

太阳西沉难道对我毫无损害？
一个活着的人该如何寻欢作乐？
我在这里呆一会儿，只呆一会儿：
我忽略了远的，忘记了剩余的。
我来不及把一切和空虚分开，
我在匆忙的旅途中遗失了蝴蝶花。
虽然代价最小，但这是疯狂的付出：
是茎杆、枝叶和花瓣的烦恼。
这是空间的一次，从来都不盲目，
多么精确的轻视，多么脆弱的自负。

和孩子交谈

师傅不久前才来到我们中间，
因此他常常躲在各个角落里。
他双手蒙住脸，透过指缝偷看，
他对着墙站立，然后突然转过身来。

师傅厌恶一切荒谬的想法：
一张视野外的桌子一定是永恒的桌子，
一张背向着人的椅子依然受着椅子的种种限制，
甚至不再想去试试它的各种机遇。

的确，要把握住世界的差别的确很难，
眨眼之间，苹果树就回到了窗前。
色彩鲜亮的麻雀永远会及时变灰，
陶罐的耳朵永远能听见各种轻微的响声，
夜间的柜子保持着日间柜子的消极性。
一个抽屉试图让师傅相信，
里面只有原先放在那里的东西。

甚至在一本突然打开的童话书中，
公主总能来得及出现在画中。

他们觉得我是个外来人——师傅叹息道——
他们不想让别人参加他们的游戏。

难道世上存在的一切事物，
只能以一种方式存在，
只能处在毫无出路的危急情况下，
没有出路,没有变化？只有听天由命？
成了一只陷入捕蝇器中的苍蝇？
成了一只捕鼠器中的老鼠？
还是一只从未松开锁链的狗？
还有火,除了再次烧伤师傅最为信赖的手指，
就再也不能提供其他的用途？
难道这就是一个真正的终极世界：
散落的财富不让人拾起，
只有无用的豪华和被禁止的机遇？

不——师傅喊道,他竭尽全力，
用他所有的四肢乱踢一通，
而且怀着如此巨大的绝望，
就连瓢虫的六条腿也嫌太少。

停止不动

冬康小姐，一个舞蹈演员，
那里不是有云彩、幕布和舞女，
月亮波光粼粼，起伏摇曳。

当她摆好姿势站在摄影室里，
伴着音乐动作——沉重的身体
做出一种被抛出的姿态，
做出一种虚假的证明。

肥胖的双臂高举过头顶，
短戏装下面是膝盖的纽扣，
左脚向前，光脚，脚指头上，
有五个脚指甲。
永恒艺术的一步，
落在艺术的永恒上。
我不无困难地承认，
这比虚无更美好，

比全无更正确。

屏风后面是粉色的紧身带、手提包，
手提包里有一张轮船票，
明天离开，也就是在六十年前，
再也不走了，现在不过是早晨九点。

音乐大师

几块泥土,他的一生将被遗忘,
音乐使他从这种状态中得到解脱。
大师读记录时的咳嗽声将会沉寂,
而湿泥的敷剂也将被撕掉。
充满尘土和虱子的假发将付之一炬,
袖口边上的点点墨迹也将消失,
那令人穷困的证人——皮鞋,
将会被扔进垃圾堆中。
天资最差的学生会拿走他的小提琴,
可怜母亲的来信会进入老鼠的肚里,
不幸的爱情消失了,一去不再复返。
眼睛里再也不会有泪水盈眶,
粉红色的丝带正好送给邻居的女儿。
感谢上帝,这个时代还没有变得浪漫,
所有不是四重奏的
都将被斥为五度音程。
而所有不是五重奏的

都将被斥为六度音程。
凡不是四十位天使合唱的一切
都将被当做狗的吠叫
和宪兵的打嗝而遭到制止。
窗台上插着芦荟的花瓶将被拿开，
还有装有苍蝇毒药的碟子和润发油瓶，
展现的是一个花园的风景——啊，是的，
一个从未在此出现过的花园。
而现在，凡夫俗子们，听吧，听！
在惊奇中，快竖起你们的耳朵倾听，
迫切渴望惊奇的侧耳倾听的凡人们，
你们会听到——正在听着的人——
将会变成能听见的声音。

幸福的爱情

幸福的爱情。这是正常的吗？
这是严肃的吗？这是有益的吗？
它对世界有什么用，
当两个人置世界于不顾？

未有任何贡献却飘然若仙，
百万人中的最佳配对，而且坚信
这是命中注定——凭什么获奖？
什么也没有。
那道光从虚无之处撒落——
为什么照在他们身上而不去照别人？
这难道不是有违于公正？是的。
这难道不是触犯了我们精心维护的原则？
这难道不是对道德的损害？
是的，是触犯了原则，损害了道德。

你们看看那对幸福的佳偶，

如果他们至少该掩饰一下，
装出沮丧的样子，这会让朋友们舒畅一点！
听听他们的放浪大笑——令人讨厌。
他们说话的语言——表面能让人听懂，
他们的那一套礼节和客套，
精心构想的相互应负的职责——
看起来这完全是在人们背后搞的鬼！

如果人们都仿效他们的榜样，
事情会如何发展便难以预料。
宗教和诗歌还能指望什么？
什么会被记住，什么该遗忘？
谁又会愿意再受到约束？

幸福的爱情，真有这种必要吗？
机智的理性告诉我们要对它缄口不语，
就像对待上层社会生活的一件丑闻。
不靠爱情帮助也能生出完美的孩子，
它绝不会使地球的人口繁殖增长，
因为它发生得太少了。

让那些从未找到幸福爱情的人
公开宣称：幸福的爱情并不存在。

有了这样的信念，
他们就会发现生和死都更加容易。

×××（空虚使我改变）

空虚让我改头换面，
确实翻到了另一边。
我现在是在什么地方——
从头到脚都在众星之中，
我甚至忘记我过去怎么样。

啊！我在此遇上的和爱上的，
只有把手放在你的肩膀上
才能回想起来。
那边让我们经受了多大空虚，
除了一只蟋蟀叫声那里多么寂静，
那里的草场上只有酸模树的一片树叶，
昏暗中的太阳映照在一滴露水上，
就像是受到了严重干旱的损伤！

星星的方向错了！
正好与这里的相反！

形状、重量、粗糙性和运动都有所改变！
在广阔天空的无穷无尽中休息！
在白桦树的摇曳状态中获得轻松！

无论过去还是现在，风不能把云吹走，
因为风本来就不是会吹的东西。
作为证人的甲虫穿着深色外衣走进小路，
在那里长久等待着短促的生命。

机缘正好让我就在你的身边，
可是我却看不到其中
有任何普通的东西。

在一颗小星星下

我把巧合称为必然而向它道歉，
我有可能弄错而向必然道歉。
请幸福不要因为我把它占为己有而愤怒，
请死者忘记我，因为我很少记起他们。
我为逝去的世界分成许多秒而向时间道歉，
我为把新欢当成初恋而向旧爱道歉。
请原谅我，远方的战争，原谅我带花回家，
请原谅我，敞开的伤口，我又刺破了手指头。
我为小步舞曲的唱片而向在深谷中呼救的人道歉，
我为早上五点还在睡觉而向火车站的人道歉。
原谅我，被追求的希望，原谅我的开怀大笑，
原谅我，荒漠，我连一小匙水都没有带来。
还有你，隼鹰，多年来依然如故，还在同一个鸟笼里，
永远一动不动地凝视着同一个地点，
原谅我吧，即使你已被制成了标本。
我要为桌子的四脚而向被砍伐的树木道歉，
我要为简单回答而向大问题道歉。

真理啊，请你不要太注意我，
尊严啊，请你对我宽大为怀些。
容忍吧，存在的神秘，请原谅我拆掉你长裙上的针线，
灵魂啊，请不要指责我很少谈到你。
我要为不能到每个地方而向一切事物道歉，
我为我不能成为每个男人和女人而向所有人道歉。
我知道，只要我活着，就无法找到理由为自己辩护，
因为是我自己在为自己设置了障碍，
言语啊，请不要怪我借用了庄重的词句，
以后我会竭尽全力使它们变得较为轻松。

大数目

（1976）

大数目

在这个地球上生活着四十亿人，
可是我的想象力依然和过去一样，
对于巨大的数目总是很难数清，
而单位数却常常让我激动。
有如灯笼的灯光在黑暗中闪亮，
只能照见最近的几张脸孔，
其余的人只能摸着黑前进。
没有思考，也没有悔恨，
就连但丁也难免如此，
何况像我这样的普通人，
即使所有的缪斯助我也不行。

不是完全死亡[①]——过早的忧虑，
我完完全全地活着，这就够了吗？
从前不够，现在更不满足。

---

① 原文为拉丁文。

我一边抛弃一边选择，别无他法，
但是我抛弃的数目却越来越大，
越来越密，而且比以往更固执，
造成难以估量的损失——
一首小诗，一声叹息。
面对巨雷般的呼叫，我报以低吟，
我的沉默太多太多，我不会说出。
主山脉的脚下出现一只老鼠，
生命在沙子上只留下几个爪印。

我的梦——即使不是应该有的那么多人，
但梦中的孤独却胜过人群和噪声。
有时候一个亡故很久的人前来拜访，
门把手被一只手转动，
空荡的屋子充满回声的震响。
我走出门槛奔向寂静的山谷，
那里好像不属于任何人，旷古久远。

我身上的这片寂静空间从何而来——
我不知道。

赞美诗

啊，人类国家的边界有多少漏洞！
多少云彩飞过它们上空没有受到惩罚，
多少沙漠的沙子从一个国家移动到另一国家，
多少高山的卵石滚到别人的土地上，
蹦蹦跳跳，令人着恼！

我是否还应在这里列数小鸟的飞翔，
它这会儿正停在空无一物的栅栏上，
但它是只麻雀——尾巴已伸到了国外，
它的鸟喙却留在国内，而且还不停地跳动！

在无数的昆虫中，我只提一提蚂蚁，
它处于边防哨兵的左靴和右靴之间，
对于它从何处来、到何处去的问题
——它拒不回答。

啊，在所有的大陆上，

都能详尽地看到它们的混乱无序！
难道那不是河对岸的那棵水蜡树，
把它的千百片树叶伸到了河对岸？
那又是谁，难道不是章鱼厚颜无耻地伸出长臂，
侵犯了别国领海的神圣边界？

假如连星星都不能，
让人精确地知道照耀的是谁，
又怎能整体地谈论各种秩序？

还有那该受谴责的雾气，到处飘移。
飞扬的尘土，撒满了广阔的草原，
似乎这种现象还没有被中断。

还有回荡在乐意效劳的气流中的声音，
有尖声的呼唤，也有轻俏的咯咯笑声！

只有人类的一切才会有真正的格格不入，
其余的全都是混杂的森林、鼹鼠和风。

感　激

对于那些我不爱的人，
我感到深深的负疚。
我感到宽心的是
他们和别人更亲近。

我高兴，我不是
他们羊群里的狼。

我和他们和睦相处，
我和他们自由自在。
我既不会给他们以爱，
也不会剥夺他们的爱。
我不会守着门窗
等待他们的来临。
我的耐心
几乎像日晷一样。
我理解

爱所不能的理解，
我原谅
爱永远无法原谅的事物。

从初次见面到情书来往，
那只是几天或几个星期，
绝不会是永恒。

同他们旅行总是一帆风顺，
听过音乐会，
教堂也参观了，
风景总是那样美丽。

在我们之间
相隔着七重山、七条河。
这些山，这些河，
都清楚地标明在地图上。

这是他们的功绩，
让我生活在三维的世界里，
在没有抒情、没有矫饰的空间中，
但有一个真实的移动的地平线。

他们自己也不知道，
他们空手提了多少东西。

“我什么也不欠他们的——”
对于这个公开的话题，
爱会这样来回答。

俯　瞰

一只死甲壳虫躺在一条土路上，
三双小腿精巧地紧贴着肚囊。
代替死亡的混乱——是整洁和秩序，
死亡可怕的景象得到了缓解。
范围也只限于当地，从毛线稷到绿薄荷[①]，
悲伤并没有扩散。
天空一片湛蓝。

为了使我们安心，他们的死无足轻重，
动物并不是死亡，而是断气。
我们以为失去的只是很少的知觉，
我们觉得离开的是不那么悲剧性的舞台。
他们卑微的灵魂并不会在夜里来恐吓我们，
他们保持了一定的距离，
他们知道自己的身份。

---

① 毛线稷和绿薄荷都是植物的名称。

于是这只躺在路上的死甲壳虫，
在阳光下闪闪发光，无人哀悼。
看它一眼，你就会这样想：
看来它身上没有发生什么重要的事情。
所谓重要，那是对我们人类而言，
与我们的生命、我们的死亡相关，
而死亡也享有不可或缺的优先地位。

一只老乌龟的梦

一只乌龟梦见一片生菜的叶子，
叶子旁边突然出现拿破仑皇帝，
他生龙活虎，依然和一百多年前一样，
乌龟甚至不知道这会引起多大的轰动。

的确，皇帝现身的不是全身，
阳光把他的黑皮靴照得亮闪闪，
上面是两条秀美的小腿，套上白袜。
乌龟甚至不知道这是多么震撼的事。

两只脚经历了从奥斯特利茨到耶拿，
上面是云雾，能听见那里发出的笑声。
你们或许会怀疑这场面的真实可信，
难道皇帝穿的是一双带绳扣的便鞋？

只看见他的左脚掌或右脚掌
很难从部分窥见一个人的全貌，

乌龟对它的童年已记不清楚了，
它到底梦见的是谁？它不知道。

不管它梦见的是不是皇帝，
都不能改变乌龟梦的奇妙。
这个陌生人让它摆脱了一时的损失，
逃离了现实世界！从脚跟到膝盖。

试　验

作为主要影片的加映，
演员们竭尽全力的工作精神
使我感动，甚至让我发笑。
他们表演了一个有趣的试验，
涉及头部。

那个头
片刻之前还属于——
现在却被砍下了，
人人都看得出它没有身躯。
从颈部伸出了一根玻璃导管，
好让血能继续流出来。
那个头，
情况良好。

它没有痛苦，也不表示惊讶，
它的眼睛随着电筒的光转动。

听到一声铃响便竖起了耳朵，
它那湿润的鼻子能分辨出
无味和腌猪油气味的不同，
并且津津有味地舔着它的嘴唇，
为表示对生理学的敬意而流下了口涎。

这是一只狗的忠心耿耿的脑袋，
这是一只狗的令人尊敬的脑袋。
被抚摸时它半闭着眼睛，
坚信自己仍是整体的一部分。
当它被人拍摸时，还会弓起它的脊背，
摇摆它的尾巴。

我想到幸福，也感到害怕，
如果生命的意义就是这样，
那么这个头
就是幸福的。

微　笑

世界宁愿抱着更大希望
去观看而不是去倾听，
因此政治家们必须要微笑，
这微笑意味着他们有精神，
虽然情况复杂，利益冲突，
结果尚不明朗，但总很乐观，
需要露出雪白和亲切的牙齿。

在会议厅里，在飞机场上，
必须要表现出他们的善意，
精力充沛，神情愉悦，
迎来送往，都很得体。
须有一副笑容可掬的面孔，
供摄影师所用，为观众所欢迎。

口腔学能为外交工作服务，
保证你取得美好的效果，

即使处于危急的情势中，
也不可或缺笑容和善意。
我们的时代还不安定平静，
能让脸上显露出平常的悲哀。

幻想家们声称：兄弟手足之情
能把这个地方变成欢笑的乐园。
但我不信。倘若如此，政治家们
就用不着这样满脸堆笑了。
只是有时在春天或者夏天，
精神不紧张，工作不匆忙，
人的悲哀才会顺其自然流露，
我们期待着，并为之高兴。

恐怖分子，他在窥视

炸弹将于下午一点二十分在酒吧爆炸。
现在还只是下午一点十六分，
有些人还来得及进去，
有些人还来得及出来。
恐怖分子已经到达街的另一边，
这个距离对他说来已毫无危险，
就像在电影里观赏的景象一样。

一个穿黄色外衣的女人，她进去了，
一个戴墨镜的男人，他出来了，
穿牛仔裤的少年们，他们在交谈。
一点十七分四秒，
一个矮子真幸运，坐上摩托车走了，
那个高个子真晦气，大步跨进酒吧。

十三点十七分四十秒，
一个姑娘走来了，头发上扎有绿丝带，

公共汽车把她挡住了，真糟糕！

十三点十八分，
那姑娘已经不见了。
难道她傻得没有离开反而进去了？
等到人们把她抬出来就知道了。

十三点十九分，
再也没有人想进去，
倒有一个秃头胖子走了出来，
他似乎在口袋里翻找什么东西。

十三点二十分只差十秒，
他又走进酒吧去找他那双讨厌的手套。

现在正是十三点二十分，
时间过得多慢啊。
该到时候了，
还没有。
是的，就是现在，
炸弹爆炸了。

隐士茅庐

你以为隐士就得住在荒凉的地方，
但他却住在一所带花园的房子里，
有一片可爱的小白桦树林，
离公路只有十分钟的路程，
在一条有明显路标的小路上。

你不必用望远镜从远处去观察他，
你完全可以在近处看到他、听到他，
他正在向维利奇卡来的游客耐心解释，
他为何会选择这艰苦的独居生活。

他身穿一件暗褐色法衣，
一副灰白的长须，
玫瑰红的脸颊，
蓝蓝的眼睛。
他很乐意在一丛玫瑰花前
摆好姿势照张彩色的相片。

照相的是来自芝加哥的斯坦尼·科瓦利克，
他答应相片一洗好就马上给他寄来。

此时正好有个来自比得哥什的寡言的老妇人，
除了税吏之外再没有别人去访问过她。
她在游客簿上写道：
赞美上帝
让我今生有幸
第一次见到了一个真正的隐士。

有些年轻人用小刀在树上刻着：
“圣灵七五”在山下会合。

巴里怎么了，巴里到哪儿去了？
巴里正躺在长椅下，假装自己是只狼。

罗得[1]的妻子

我好像是出于好奇才回头望了一下，
不过，除了好奇我还有别的原因，
我回望是心痛我的银盘。
由于分心，我在系鞋带时
眼睛没有盯住我的丈夫
罗得那长得端正的后颈。
我突然断定，如果我死去，
他也不会停了下来。
顺从者的不听摆布，
追求专心一致的视听，
由于寂静，希望上帝改变他的主意，
我们的两个女儿正消失在山顶后面。
我感到自己老了，精疲力竭，
睡眼惺忪，徒劳地行走。
我回头观看，把包袱放在地上。

① 罗得是《旧约·创世纪》里的人物，故事见《旧约·创世纪》第十九章。

我回头观看，担心前面的路难行。
在我走的小路上出现了几条蛇，
还有蜘蛛、田鼠和小兀鹰。
已分不出是好是坏，凡是活着的一切
都在极其惊惶地逃走、爬行。
我独自回头一看，
我为自己的暗中逃走而感到羞愧，
我真想大声叫喊，真想返回家园。
或者等到大风刮起之时
把我的头发吹散，把裙子撩起。
我觉得他们在所多玛城墙上望着我，
于是一次次地爆发出响亮的笑声。
我愤怒地抬起头，
正希望他们遭到巨大的损失。
我出于上述种种原因才回头一瞥，
我回头完全是不由自主。
只有岩石在我脚下转动，对我咆哮，
裂缝却突然切断了我的前进之路。
有只仓鼠在缝边上竖起双脚，跳来跳去，
就在同一时候我们双双转过头来。
不，不，我继续朝前奔跑，
我爬行，我飞奔，
直到黑暗还没有从天空散去，
还有热气未散的岩石、呆板的小鸟。
我呼吸急促，多次在原地打转，

要是有人看见会认为我在跳舞。
不能排除，因为我睁着一双大眼睛，
很有可能，我倒下时会面朝城市。

夸我姐姐

我的姐姐不写诗，
她也不会突然写诗，
她像妈妈一样不会写诗，
她像爸爸那样从不写诗。
在我姐的屋顶下，
我感到非常安全。
她的丈夫活在世上，
没有什么能激发她写诗。
尽管她说起话来，
像是亚当·马其顿斯基的诗
那样优美动听。
在我的亲人中没有一个在写诗。

在我姐姐的抽屉中，
找不出一首旧诗，
她的提包里也没有新写的诗。
当她邀我共进午餐时，

我就知道，她无意读诗给我听。
她做的汤味道鲜美，无需试做，
她的咖啡也从不溅落在稿纸上。

许多家庭里都没有人写诗，
如果有，就不止一个人，
有时诗歌会像瀑布一样，
一代流向一代，
会在共同的人类感情中
激起可怕的漩涡。

我姐姐说得一口流利的散文，
她的写作仅限于
度假时寄来的明信片。
几乎每年都是一样的许诺：
等她回来后，
一定会告诉我们
全部
全部
全部的事情。

洋　葱

洋葱是不一样的东西，
它没有内脏，
它的外形就是洋葱，
全身都充满洋葱的特性，
它拥有洋葱的内质，
它具有洋葱的汁水，
它能让你看透全身，
洋葱毫不惧怕。

它把我们看成是外国和野蛮，
它的外表裹上了一层皮，
它能给我们治病，
以暴力进行解剖，
洋葱的内部唯有洋葱，
没有弯弯曲曲的肠子，
从外表到内里，
均是多层的裸体。

洋葱，不容置疑地存在着，
一个成功的创造物，
一个洋葱里还有第二个，
大洋葱里包含着小洋葱，
还会有第三个第四个，
依此类推。
一曲向心的赋格，
和回声组成的合唱。

洋葱，我知道，
世上最丰满的肚子。
它以自己的声望
给自己戴上了荣誉光环。
我们只有脂肪、神经和血管，
只有闸门和神秘的部分，
这个天生完美的白痴
却拒绝和我们相处。

自杀者的房间

你们一定会认为这房间空无一物，
可是房里却有三把靠背坚固的椅子，
还有一盏足以驱散黑暗的油灯，
一张书桌，桌上有个钱包，几张报纸，
一尊恬静的菩萨，一尊悲伤的耶稣像。
七头会带来好运的大象，抽屉里还有个笔记本，
你们会认为，上面不会有我们的地址？

你们会以为，这里没有书，没有画，没有唱片？
可是却有两只黑手拿着令人欣慰的圆号。
萨士基亚[①]和一朵表示忠心的爱情之花，
欢乐，那神灵的美妙的火花。
奥德修斯[②]正在书架上做着甜美的梦，
当他完成了第五歌里的冒险之后。

① 伦勃朗画中他的妻子的名字。
② 荷马史诗《奥德赛》中的主人公。

道德家们，
他们的姓名统统印成了金字，
在精美的上过硝的皮制书脊上。
旁边是站得笔挺的政治家们。

并不是没有出口，哪怕是从大门出去，
并不是没有风景，哪怕是看看窗外。
这个房间看上去就是这个模样。
专供远望的眼镜就放在窗台上，
一只苍蝇在嗡嗡叫，就是说它还活着。

你们以为那封信至少会说清一些事情，
可是，如果我告诉你们并没有那封信，
我们这么多他的朋友，全都能塞进
竖靠在玻璃杯旁的那个空信封中。

评一首尚未写出的诗

在这首诗的最初几个字里，
女作者说，地球很小，
而天空却大得难以形容。
我引用她关于星星的话：
“它们太多了，比我们需要的多得多。”

在描写天空时她感到某种束手无策，
面对辽阔的天空她感到恐惧而迷失方向，
她为许多行星的死寂而震惊。
不久，在她的头脑里（我们加上，不精确）
开始产生了一个问题，
是不是我们无论如何都会是孤独的人，
在太阳下面，在宇宙中的所有太阳下面？
与似是而非的计算相反，
也与今天的普遍信念相反，
面对无可驳斥的证据，它现在随时
都可能落入人类的手中！啊，诗歌！

这时候我们的女诗人回到了地球，
这个“没有见证人也自转”的星球，
这惟一“能提供科幻小说的宇宙”。
帕斯卡(1623—1662，我们的注释)的绝望
对于女作者说来真是无与伦比，
任何的安德罗米达[①]或卡西阿皮尔都不能相比。
排他性既有所夸大，又有所限制，
因而便出现了如何生活等问题。
由于空虚无法为我们解决这类问题，
“噢，主啊！”于是有人呼叫，
“请大发慈悲，快来引导我吧！”……

女作者深感忧虑，想起生命那么轻易浪费，
仿佛它还有无穷无尽的储备。
想到战争——她有着独到的见解——
永远都是以双方失败而告终。
想到人对人的那种“统治欲”，
作品中便朦胧地展现出一种道德倾向，
如果这支笔少些天真，也许会更加明亮。

但是，哀哉，这个基本上靠不住的论点，
(即“我们无论如何都会是孤独的人，
在太阳下面，在宇宙中的所有太阳下面”)
它还用冷漠的方式去展开她的论点，

① 希腊神话中的公主。

（把高雅修辞和土话俗语混杂在一起）
其结果便是，谁还会去相信这诗呢？
谁也不相信，确实如此。

苹果树

五月的天堂，美丽的苹果树下，
鲜花怒放，仿佛是满脸笑容。

在无法分辨善与恶的情势下，
在只看到树枝不停的摇晃下。
不知是谁的，但有人说它是我的，
在感到它要结果实的沉重负担下。

它是那一年，那个国家，
那个星球，未来的发展，
它都毫无任何兴趣。

它和我没有亲属关系，
它和我特别的陌生，
既不会带给我快乐，
也不会令我害怕。

对周围的一切漠不关心，
从容不迫地抖动着树叶。

不可理解，就像我在做梦，
我梦见一切，就是没有它，
我懂得太多而骄傲自大。

大家都情愿在苹果树下
多待一会儿，不想回家，
只有囚徒们才愿意回家。

中世纪插图

越过一座苍翠欲滴的山丘，
骑着高头骏马的扈从前呼后拥，
穿着绫罗绸缎的大氅和披风。

他们奔向一座有七个尖塔的城堡，
每一座尖塔都高耸入云。

走在前面的是位公爵，
腹部扁平，十分讨人喜欢。
旁边是他的公爵夫人，
年轻得出奇，还是小娇女。

后面跟着几个宫女，
漂亮得就像画中人。
还有年轻英俊的侍从，
在侍从的肩上，
坐着一个猴子模样的东西，

长着滑稽可笑的脸孔
和细小的尾巴。

再后面是三个高大健壮的骑士，
每个都魁梧得能抵上两三个人。
如果其中一个摆出一副洋洋得意的面孔，
另一个也会装腔作势、趾高气扬。
如果有人骑的是一匹栗色骏马，
那么绅士们也会步他的后尘，一色栗色马。
所有的马蹄都会轻轻掠过
生长在路两旁的雏菊。
谁这样垂头丧气和精疲力竭，
手肘裸露，眼睛斜视，
就不会出现在这画上。

这并非无关紧要的问题：
在最为湛蓝的晴空下，
是做自由民还是当农奴。

甚至不会有最小最小的断头台，
哪怕用最锐利的眼睛去观察，
也没有足以引起怀疑的东西。

他们心情愉快地骑着马前进，
在这幅最封建的现实主义画中。

不过他们还要保持画面的平衡，
在下一幅画里已为他们准备了地狱，
啊，那自然是不用说的，
本身就不言自明。

一个女人的画像

她必须做出选择，
去改变再也无法改变的事情，
这尝试很容易，不可能很困难，很值得。
她的眼睛，根据需要，时而深蓝时而灰白，
或暗黑或高兴，或无缘无故便泪水盈眶。
她和他睡觉，像一个邂逅的相识，
像她惟一的男人。
她愿为他生四个孩子，
但只生了一个。
她天真却能想出最好的主意，
她软弱却能承受起最重的负担，
她肩上没有脑袋但一定会长出。
她读雅斯贝斯[①]的著作和妇女杂志，
她不知道螺丝钻的用法但要建一座桥，
她年轻，像平常一样年轻，永远年轻，

① 雅斯贝斯（1883—1969），德国哲学家。

她手里捧着一只折断了翅膀的麻雀，
她攒私房钱是为了漫长而遥远的旅行。
一把切肉刀，一包膏药，一杯纯白酒。
她要跑到哪里去，难道她不疲倦？
一点也不累，只有一点累，很累，不要紧。
她要么爱他，要么拒绝他，
无论是好还是坏，为了得到上帝的怜悯。

警　告

不要把嘲讽者带入太空，
这是我的忠告。

十四个死寂的行星，
几颗彗星，两颗星星，
当你飞向第三颗的途中，
嘲讽者早已失去了幽默感。

宇宙空间也是这样，
那就是说，完美无缺，
嘲讽者绝不会宽恕它。

什么也不能使他们高兴，
时间——因为太永恒了，
美——因为毫无瑕疵，
严肃——因为不能用来开玩笑。
别的人都在赞不绝口，

他们却在打呵欠。

在去第四颗星的路上，
事情变得更糟。
酸溜溜的笑容，
睡眠和平静的心情受到了干扰。
愚蠢的对话：
关于叼着一块干酪的乌鸦，
关于国王陛下肖像画上的几只苍蝇，
或者是一只正在沐浴的猴子，
——的确，这才是生活。

局限者们
宁愿要星期四，而不要无限。
粗俗者们
宁愿要弹错的音符，也不要天国的音乐。
处在实践与理论、前因和后果
的缝隙中间，他们的感觉最好。
但这不是地球，
一切都是严丝合缝，没有缝隙。

在第三十个星球上
（它的荒凉程度无可指责），
他们甚至拒绝离开他们的座舱，

借口他们头痛或手指受伤。

这样麻烦，这样丢人现眼，
那么多的钱白白扔进了宇宙空间。

赞赏自我贬抑

秃鹰从不接受任何惩罚，
黑豹也从不责备自己，
食人鱼不会怀疑自己的行为，
响尾蛇毫无保留地支持自己。

世界上根本没有自我批评的狐狸。
蝗虫、短吻鳄、旋毛虫和虱子
都照样活着，而且怡然自得。

鲸鱼的心脏重达一百公斤，
但和其他部位相比却微不足道。

在太阳系的第三颗行星上，
清白的良心比什么都更具兽性。

在冥河上

这是冥河，孤独的灵魂，
这就是冥河，感到惊异的灵魂。
你会听见扩音器里卡戎的宏亮声音，
一只看不见的手把你推向岸边
那是一群从受惊的山林逃出的仙女，
（她们已在这里工作了一段时间）
明亮的探照灯把岸边由钢铁和
水泥制成的码头照得一清二楚。
还有几百艘的摩托艇，
代替了几百年来已经腐朽的木船，
结果是这里的人口增长了好几倍。
我的敏感的灵魂，
水上层层叠叠的建筑物
对这里的景观造成很大妨害。
如果没有仓库、办公室和船坞，
要输送这些灵魂简直不可想象，
（年复一年，已输送好几百万旅客）

赫耳墨斯，一个画出来的灵魂，
他应该早几年就预见到
何时何地会发生战争，
会出现什么样的专制政权，
然后再去准备大量的船只，
免费把灵魂送到对岸。
仅仅是表示对古物的尊敬，
才在钱匣子上写上字条：
“请不要往里投钱币。”
你将登上第四组的
第三十条气垫船，
挤在其他灵魂中间你会感到窒息，
但这是电脑排定的必须如此，
地狱里也是挤得水泄不通，
因为它已无法扩大，
行动受限制，衣服会弄脏，
只能喝忘河中的半滴水。
灵魂啊，别去相信来世
会有更加广阔美好的前景。

急促的生活

急促的生活，
没有排练的演出。
没有测量好的身体，
没有思想的头脑。

我不知道自己演的是什么角色，
只知道这是我的角色，不可改变。

这部剧的内容，
我只有在演出时才能猜到。

缺少对体面的生活的准备，
我很难跟上剧情所要求的速度，
我只好临时凑合，尽管我讨厌即兴演出，
我每走一步，都因不知剧情而磕磕碰碰。
我的生活方式有一股乡下人的味道，
我的天性像个十足的外行。

怯场虽是个借口，但更令我耻辱，
情有可原的境况对我打击更大。

台词和动作是无法收回的，
星星是数也数不清的。
人物性格像外衣，边跑边扣纽扣，
这就是匆忙造成的可悲后果。

要是能在星期三先排练一次，
或者在星期四再来重排一次！
但现在是星期五，又来了个我不知道的剧本。
这公平吗？——我问道。
（我的嗓子是嘶哑的，
他们甚至不许我在后台清清嗓子）
如果认为这是一次大众问答竞赛，
在临时场地上的问答竞赛，其实不是。
我站在舞台布景中间，我看出它是多么牢固，
我惊讶所有的道具都安装得那么准确，
旋转舞台早已开始使用。
即使最远处的闪动灯也已打开了开关。
啊，我毫不怀疑，今晚是首次演出，
无论我演什么，
我的每个动作，都将永远不能更改。

老歌手

他今天在唱：特拉拉，特拉……拉，
我也这样唱：特拉拉，特拉……拉。
你能听出什么不同来吗？
他不该站在那里，他却站在那里，
瞧着那儿，又不是那儿，
虽说是从那儿，又不是从那儿。
他习惯跑进来，
而不像现在，帕姆帕，拉姆帕，帕姆，
但又完全是帕姆帕，拉姆帕，帕姆，
那首难忘的杜贝克-邦波涅斯。
可是现在有谁
还能记得他——

乌托邦

一座一切都已标明清楚的岛。

那儿可以站在证据的基地上。

除了到达的路再没有别路可走。

灌木被各种回答压弯了枝头。

那里生长着一株“思维精准”之树，
它的枝条永远不会纠缠在一起。

那笔直挺拔、令人目眩的“理解之树”
耸立在被人称为“原来如此”的泉旁。

你在树林中走得越远，
那“真实之谷”就展开得越大。

如果出现怀疑，就会被风吹散。

回声未经允许就要发声，
自愿阐明世界的许多秘密。

右边有个理性住着的洞穴。

左边有座“深刻信念”的湖，
真理挣脱湖底轻轻浮出水面。

控制山谷的是“不可动摇的信心”，
位于山巅的是“事物的本质”。

如此迷人的岛屿却无人居住，
岸边的小小脚印清晰可辨，
但都毫无例外地朝向大海。

似乎这里只有离去的人们，
他们义无反顾地走向深处。

走向不可理解的生活。

圆周率[①]

π 值得我们热情称赞，
“三点、一、四、一”，
所有后面的数字也都是不循环的，
“五、九、二”因为永无结尾，
无法一眼看出就能把“六、五、三、五”掌握，
“八、九”在一次运算中，

“七、九”在想象中，
甚至“三、二、三、八”是一种玩笑，也就是对比，
“四、六”和任何事物进行对比，
“二、六、四、三”在世界上。
地球上最长的蛇长到十多米后便会自行断裂，
神话传说中的蛇也长得差不多一样长。
圆周率所组成的数字系列，
并不会到了纸张的边缘便结束，

① 原来的题目是 π，后来的版本改为 Pi 数。

它能一直延伸过桌子，穿过空气，
穿过墙壁、树叶、鸟巢、云彩，直冲苍穹，
穿过无边无际、无穷无尽的天庭。
彗星的尾巴短得就像老鼠的一样！
星光多么微弱，只能照亮一点空间！
这里有“二、三、十五、三百、十九”，
我的电话号码和你的衬衫号码，
1973 年第 7 层楼，
居民的数目，65 个格罗什①，
臀部尺寸，两个手指，字谜和代码，
代码中是“我的夜莺在歌唱，在飞翔，
它还请求要保持安静”。
同时还有“天空和大地都将消失”，
但圆周率却不会消失，不，肯定不会。
它依然继续着，以它那不错的五
和一般的八，
不是最后的七，
催促着，推动着，达到长存的永恒，
并持续下去，无穷无尽。

① 格罗什是波兰钱币名，等于百分之一兹罗提。

图书在版编目(CIP)数据

希姆博尔斯卡诗集. Ⅰ / (波) 维斯瓦娃·希姆博尔斯卡著;林洪亮译. —上海: 东方出版中心,2019.4
(希姆博尔斯卡全集)
ISBN 978-7-5473-1366-4

Ⅰ.①希… Ⅱ.①维… ②林… Ⅲ.①诗集—波兰—现代 Ⅳ.①I513.25

中国版本图书馆 CIP 数据核字(2018)第 260210 号

希姆博尔斯卡诗集Ⅰ

出版发行:东方出版中心
地　　址:上海市仙霞路 345 号
电　　话:(021)62417400
邮政编码:200336
经　　销:全国新华书店
印　　刷:山东鸿君杰文化发展有限公司
开　　本:890mm×1240mm 1/32
字　　数:265 千字
印　　张:12.25
版　　次:2019 年 4 月第 1 版第 1 次印刷
ISBN 978-7-5473-1366-4
定　　价:58.00 元